조선의 배이거리(朝鮮 配利去里)

조선의
배이거리

글 정종영
해설 고정욱

SINCE 1740

카스테라의 탄생

부카플러스

조선의 배이거리

초판 발행 | 2021년 9월 15일
2 쇄 발행 | 2023년 4월 20일
3 쇄 발행 | 2023년 10월 5일
4 쇄 인쇄 | 2023년 12월 28일
4 쇄 발행 | 2024년 1월 3일

글쓴이 | 정종영
그린이 | 최유정
펴낸이 | 강남주
교정교열 | 서이화
펴낸곳 | 부카플러스
　　　　출판등록 : 제25100-2016-12호
　　　　대구광역시 달서구 문화회관길 165, 대구출판산업지원센터 408호
　　　　전화_ 053-423-1912 팩스_ 053-639-1912
　　　　이메일_ bookaa@hanmail.net
　　　　홈페이지_www.bookaa-n.com

*이 책은 대구출판산업지원센터의 '2021년 대구지역 우수출판콘텐츠 제작지원사업'에
  선정되어 발행되었습니다.

차 례

이 소설의 시작은 역사책 속에서 찾은 단 몇 줄의 문장이었다. 시선은 한곳에 머물렀고, 한동안 다른 곳으로 고개를 돌리지 못했다. 시선은 몇 문장에서 맴돌았지만, 상상의 공간은 눈덩이처럼 불어나 바다를 삼킬 듯 커져 나갔다. 오랜 사색을 거치며 이제야 그릇에 담을 수 있었다. 바로 청소년 소설 〈조선의 배이거리 - 카스테라의 탄생〉이다.

선왕(숙종)께서 말년에 음식이 물려 색다른 맛을 찾자, 어의(御醫) 이시필이 말하길 "연경에 갔을 때 심양장군(瀋陽將軍) 송주(松珠)의 병을 치료해주고 계란떡(雞卵餠)을 받아먹었는데, 그 맛이 매우 부드럽고 뛰어났습니다. 저들 또한 매우 진귀한 음식으로 여겼습니다."라고 했다.

이덕무의 〈청정관전서, 1775〉

'계란떡'이 바로 카스테라이고, 어의가 임금에게 이것을 소개하는 장면이 바로 이 소설을 쓰는 데 단초역할을 했다. 물론 시작은 의심과 상상이었다.

만약 임금에게 '계란떡'을 얘기했다면, 어의는 어떻게든 카스테라를 만들어보려고 수없이 도전했을 것이다. 의문을 던졌다면, 해답을 찾기 위해 무수한 상상을 해야만 한다. 이시필의 성공 여부가 궁금했지만, 여러 자료를 찾아도 결과를 알 수 없었다. 그러다가 이시필이 쓴 잡학사전 〈소문사설〉을 알게 되었다. 이 책에는 많은 음식의 제조 방법과 생활에 꼭 필요한 실용 지식을 소개했다. 아쉽게도 〈소문사설〉에는 카스테라 제조법이 나와 있지 않다. 이시필이 카스테라 만들기에 실패했기 때문이다.

해답을 찾는 것은 오롯이 작가의 몫이다. 해답을 찾기 위해, 이 책을 쓰기 위해 카스테라를 수없이 만들며 어설픈 제빵 공부를 시작하였다. 수없이 만들다 보니, 제빵 원리를 알게 되었고, 이시필의 도전 결과도 자연스럽게 예측할 수 있었다. 카스테라의 주재료는 밀가루, 즉 봄밀이다. 하지만 조선시대 우리나라에서는 겨울밀 밖에 없었다. 결국 이시필의 카스테라 만들기는 실패할 수밖에 없는 도전이었다.

인생은 도전의 연속이라 생각한다. 초등학교를 졸업하면, 중·고등학교에 진학한다. 대학을 가고, 취업하기 위해 수없이 도전한다. 어떤 도전이든 성공을 예측하기는 힘들다.

필자 역시 수많은 도전을 하며 살다 보니, 성공 여부를 떠나 확실한 진리 하나는 깨달았다. 정당한 방법으로 노력하면 결과는 언제나 값지다는 사실을……. 이것이 필자가 짧은 인생을 살면서 느낀 인생의 해답이며, 내 자식에게 해주고 싶은 이야기이다. 그래서 주인공 이름이 가온이다. 가온은 우리 막내딸이기도 하다.

'가온'은 중간의, 혹은 가운데의 라는 의미가 있는 순우리말이다. 막내딸에게 이런 이름을 지어준 이유 역시 세상의 중심에서 흔들리지 말라는 바람을 담았다. 더불어 세상을 살면서 공정한 방법으로 얻는 결과가 가장 값지다는 인생의 교훈을 알려주고 싶었기 때문이다.

2021년 가을
운현궁을 바라보며
정 종 영

1.고구마 풍년

두부

불린 콩을 맷돌에 갈아 콩물을 만든다. 가마솥에 콩물을 끓여 비지을 걸러내고, 간수를 넣어 틀에 담아두면 두부가 나온다.

1. 고구마 풍년

7월 칠석이 지나고, 더위가 한풀 꺾였다. 여름 해도 지쳤는지 며칠 전보다 더 빨리 서산 아래로 떨어졌다.

"두부 사세요. 맛있는 두부가 있어요."

가온이 목청을 높여 사방으로 고함쳤다. 남은 두부를 보자 마음이 더 급해졌다. 둥근 싸리 채반 속에 팔지 못한 두부 열댓 모가 아직 남아 있었다.

"다리 아플 텐데 조금 쉬었다 해라."

어머니가 정겹게 손짓하자, 가온이 싱긋 웃으며 옆에 앉았다.

"하나, 둘, 세 바가지! 흐흐!"

고구마 숫자를 세며 실실 웃었다. 통통한 햇고구마를 보자 기분이 좋았다. 옆에는 작은 항아리처럼 생긴 보릿자루도 있었다.

"올해는 고구마가 풍년인가 봐. 고구마를 제법 많이 가져오네."

어머니가 웃으며 말했지만, 표정이 밝지 않았다.

"안 된다고 돈으로 달라 해야죠. 우리 어머니는 너무 착해서 탈이야. 쯧."

잔소리하듯 밉상 맞게 얘기했다. 이제 겨우 열네 살이지만, 물건 파는 재간은 어머니보다 더 야무졌다.

"그럼 어쩌니? 손님을 그냥 돌려보낼 수 없잖아. 날이 더워 두부를 다시 가져가는 건……."

어머니는 미소 지으며 고개를 살짝 흔들었다. 틀린 말이 아니었다. 이런 날씨라면 하룻밤만 지나도 두부가 상했다.

"맞아요. 두부보다 고구마가 훨씬 낫죠. 헤헤."

두부라면 치가 떨렸다.

몇 해 전이었다. 금난전권[1]이 폐지되고 난 뒤, 어머니는 두부를 만들어 장터에서 팔았다. 팔다 남은 두부를 버릴 수 없어 집에 가져왔다. 남은 두부를 밥처럼 매일 먹어야 했다.

가온이 기지개를 켜며 어머니 옆에 앉아 잠시 쉬었다. 추석이 다가오자 배오개장터는 평소보다 더 북적거렸다. 행인마다 양손에 봇짐을 들고 경쾌하게 걸어갔다.

노란 해가 붉은 노을이 되어 인왕산 자락에 머물렀다.

"이제 슬슬 정리하고 가자."

어머니가 손을 털며 일어났다. 남은 두부 세 개를 작은 소쿠리에 담았다. 채반 두 개를 겹치고, 고구마를 쏟아부었다. 어머니는 두 손으로 채반을 쥐고 머리까지 올렸다. 가온이 옆으로 다가가 꼰지발을 딛고 어머니 머리 위로 채반을 올려주었다. 어머니가 앞장섰다. 가온은 남은 고구마와 보릿자루를 보자기에 넣고 묶었다.

"같이 가요."

저녁노을이 배오개장터를 붉게 물들였다. 모녀는 해를 등

---

1) 조선 후기 육의전(六矣廛)과 시전상인(市廛商人)이 상권을 독점하기 위해 허가받은 상인 외에는 아무나 물건을 팔 수 없었다. 1791년 정조 때, 금난전권이 폐지되었다.

지고 흥인지문을 향해 서둘러 걸어갔다.

"둥둥둥."

종루에서 저녁을 알리는 종소리였다. 밤이 시작되는 초경이었다. 초경이 지나 이경이 되면 도성 문을 모두 걸어 잠갔다. 통행 금지였다. 아침을 알리는 파루 종소리가 날 때까지 누구도 돌아다닐 수 없었다.

흥인지문을 나와 낙산 쪽으로 향했다. 성벽 아래로 엇비스듬하게 길이 이어졌다. 갈림길에서 오른쪽으로 들어서자, 도성으로 들어가는 혜화문이 왼쪽에 있었다. 문을 닫으려는지 순라군이 문 앞에서 분주하게 돌아다녔다.

마을까지 조금 더 걸어야 했다. 도성에서 오 리 떨어진 숭신방 안암리 근처[2]가 집이었다. 햇볕이 따가웠다. 호박잎이 지친 듯 힘없이 축 늘여졌다. 산기슭 복숭아밭에는 붉고 탐스러운 열매가 가지마다 탐스럽게 달려 있었다. 노란 복숭아를 보자, 저도 모르게 침을 흘렸다.

"어머니, 가을이 다가오니까 먹을 게 너무 많아요. 매년 이맘때가 되면, 두부가 덜 팔리는 것 같아요. 조금 덜 만들

---

2) 성북동 근처

면 어때요?"

가온이 걱정 어린 표정으로 다소곳이 말했다.

"왜, 매일 두부만 먹으니 지겹니?"

"엄마도 참, 그냥 걱정돼서 한 말이에요."

가온이 속내를 들킨 듯 킥킥거리며 웃었다.

해가 산을 넘어갔지만, 아직 어둡지 않았다. 고샅길로 들어서자, 풀벌레가 요란하게 울어댔다.

"남은 두부는 달래네 갖다주고, 오늘은 고구마 밥을 해먹자."

"정말요?"

가온은 신이 난 듯 입이 쩍 벌어졌다. 어깨를 덩실거리며 앞으로 뛰어갔다. 외진 길 끄트머리에 초가집이 두 채가 나란히 있었다.

"달래야, 달래야."

가온이 노래하듯 부르자, 달래가 슬그머니 고개를 내밀었다. 달래는 어릴 때부터 소꿉장난하며 같이 자란 동갑내기 친구였다.

"소쿠리 가져와. 어서."

가온이 평상에 걸터앉아 보자기를 잽싸게 풀었다. 달래가 부엌에 가서 소쿠리를 가져오자, 두부 세 모를 얼른 건네고 일어났다.

"간다. 조금 이따 봐."

달래가 대문 앞까지 따라 나왔다.

"어머니, 이제 오세요."

달래가 허리를 살짝 굽히며 다소곳하게 인사했다.

"오냐. 달래구나. 아버지, 어머니는 들어오셨냐?"

"아뇨. 오늘 좀 늦으시네요."

달래 아버지와 어머니는 양반집에서 머슴으로 일하며 생계를 꾸려나갔다. 논일, 밭일부터 자질구레한 일까지 닥치는 대로 모두 하다 보니, 새벽같이 나가 늦은 밤에 돌아오기 일쑤였다.

가온이 마당으로 들어가자, 닭이 놀라 닭장으로 뛰어 들어갔다.

"이 녀석들. 잘 있었어?"

닭장으로 향했다. 올봄 달래한테 얻은 병아리가 계절이 바뀌는 동안 제법 큰 닭으로 자랐다.

"아이코, 불쌍한 내 새끼들. 배고팠지. 맨날 비지만 먹으

니……, 알을 못 낳지. 쯧! 오늘은 엄마가 맛있는 거 줄 테
니 기다려 봐."

엄마 목소리를 흉내 내면서 보자기를 풀었다. 자루 속에
손을 넣고 보리쌀 한 움큼 꺼냈다.

"옛다, 오늘은 보리쌀이다."

암탉 세 마리가 바닥에 떨어진 보리쌀을 먹으려고 서로
다퉜다.

어머니는 채반을 마루에 놓고, 빨래를 걷어 방 안으로 들
어갔다.

가온은 아궁이에 불을 피우고 독에서 물을 퍼왔다. 쌀을
씻고, 고구마를 빡빡 문질러 큼지막하게 잘랐다. 가마솥에
보리쌀과 고구마를 함께 넣었다. 장작이 이글이글 타면서
딱딱 소리를 냈다.

이제 가온은 음식을 제법 잘했다. 한번 맛본 음식은 비슷
하게라도 흉내 낼 수 있을 만큼 눈썰미도 좋았다. 하지만
처음부터 음식을 잘한 것은 아니었다.

10살 때였다. 가온은 달래 엄마를 따라 잔칫집에 일하러

간 적이 있었다. 삯을 주지 않지만, 돌아올 때 잔치 음식을 받아 올 수 있었다. 잔치 음식은 맛도 좋고 예뻤다. 하지만 아무 음식이나 가져올 수는 없었다. 모양이 예쁘지 않거나 부서진 음식을 가져왔지만, 맛이 기가 막혔다. 가온은 동네 아낙들 옆에 앉아 전을 구웠다. 하지만 가온이가 만든 전이 예쁘지 않다고 주인 마님에게 계속 꾸중을 들었다. 며칠 동안 잔치 음식을 만들어야 했지만, 가온은 첫날부터 쫓겨나기 일쑤였다.

가온은 잔칫집에 가기 위해 시간이 날 때마다 연습했다. 감자, 녹두 등 눈에 보이는 재료가 있을 때마다 전을 만들어 아빠에게 드렸다. 재료가 생길 때마다 음식을 상상하며 만들었다. 음식 만드는 게 즐거웠다. 틈틈이 만들다 보니, 가온의 음식 솜씨가 몰라보게 달라졌다. 이제 엄마 대신 부엌에 들어가도 맛깔나는 음식을 척척 잘 만들었다.

달래가 부엌 안으로 슬그머니 들어왔다.

"앗, 깜짝이야!"

"자! 달걀, 아침에 낳았어!"

"오! 두 개씩이나? 고마워."

달래가 달걀 두 개를 양손에 쥐여 주고 얼른 돌아갔다.

"오늘은 달걀찜을 해 먹을까."

흥얼거리며 살강[3]에서 그릇을 꺼냈다. 달걀을 깨서 물을 붓고, 간장을 넣어 젓가락으로 휘저었다. 가마솥 뚜껑에서 김이 새 나왔다. 밥이 뜸이 들 때까지 조금 더 기다려야 했다.

"국은 뭐 할까? 된장, 비지?"

이러나저러나 콩이었다. 오늘은 다른 것을 먹고 싶었다. 곧장 텃밭으로 달려갔다. 굵은 오이 하나와 풋고추 몇 개를 따왔다. 오이 껍질을 살짝 걷어내고, 얇게 채를 썰었다. 그리고는 풋고추 꼭지를 따서 냄새를 맡아보았다.

"크, 제대로 맵네."

다른 꼭지도 몇 개 따 보았다. 아버지는 매운 것을 좋아했고, 어머니는 매운 걸 싫어했다. 서로 입맛을 맞추려면, 두 그릇으로 나눠 간을 맞추는 방법밖에 없었다. 재빨리 손을 놀렸다. 총각김치를 담고, 된장독에 박아 놓은 오이지 하나를 꺼냈다.

가마솥 뚜껑 사이로 뜨거운 김이 뿜어 나왔다. 뚜껑을 반쯤 열어 부뚜막에 걸쳤다. 뜨물이 찰랑거리며 졸아들기 직

---

3) 부엌의 선반, 여기 그릇 같은 여러 도구를 올려둔다.

전이었다. 나무 주걱으로 밥을 휘젓고, 달걀찜 그릇을 가운데 박아 놓았다.

"가온아."

아버지가 마당으로 들어오며 소리쳤다. 가온이 부엌에서 고개를 쏙 내밀었다.

"아버지, 오셨어요."

지게에 한가득 뭔가 들어 있었다.

"어머니, 어머니가 좀 도와주세요."

가온이 애원하듯 소리치자 어머니가 마당까지 뛰어나가 지게를 잡아주었다. 아버지가 다리를 굽혀 지게를 세우고 손을 털었다.

"가온이 아버지, 이게 뭐예요?"

"햇고구마야. 올해는 고구마 농사가 풍년이네. 값이 싸서 팔아도 돈이 안 되니……, 우리 먹으려고 가져왔지. 자투리 땅에 조금 심었는데, 이렇게 많이 나왔네. 허허."

"네?"

어머니가 조금 놀라는 듯했지만, 뒷말을 더 잇지 않았다. 가온은 웃음이 났지만, 손으로 입을 틀어막으며 억지로 참았다. 고구마 풍년이라니, 가온은 듣기만 해도 기분이 좋았다.

두부를 팔 때마다 돈 대신 고구마를 주고 가는 사람이 많았다. 어머니는 거절하지 못하고 고구마를 받았다. 날이 갈수록 헛간에 고구마가 쌓여갔다. 밥 대신 고구마를 계속 먹었지만, 시간이 지날수록 고통스러웠다. 매일 먹는 고구마가 두부랑 맛이 같아졌다.

아버지가 창고에 쌓인 고구마를 보며 걱정했다.

"큰일이네!"

아버지는 아침마다 혼잣말하며 일을 나갔다. 산을 일궈 만든 밭에서 매년 콩을 심어 수확했다. 얼마 뒤, 콩 타작할 때였다. 비좁은 창고에 고구마가 가득 있어 콩 가마를 들여놓을 틈이 없었다. 어머니도 두부를 만들면서 표정이 어두웠다. 가온은 어머니가 무슨 걱정을 하는지 알았다.

볕이 쨍쨍 내리쬐던 오후, 가온은 두부를 만들다가 슬쩍 고개를 돌렸다. 어머니는 표정 없는 얼굴로 맷돌을 하염없이 돌렸다.

"엄마, 고구마 있잖아요. 먹어서 없애는 건 힘들 것 같고요. 혹시 고구마말랭이 같은 거 만들어 팔면 어떨까요?"

고구마란 말에 조금 놀란 듯 어머니가 맷손을 놓으며 고개를 들었다.

"글쎄, 그게 팔릴까?"

"그래도 한번 해볼게요. 고구마 싹 나버리면, 먹지도 못하고 버려야 하잖아요."

어머니가 말없이 고개를 끄덕이며 잠시 눈을 감았다. 딸에게 미안하고 고맙다는 생각이 들었다.

다음날, 가온은 달래와 함께 고구마말랭이를 만들었다. 고구마를 가마솥에 찌고, 길쭉하게 잘라 그늘에 말렸다. 꾸덕꾸덕하게 말린 노란 고구마는 달고 쫄깃했다. 가온은 고구마말랭이를 장터에 들고 나갔지만, 아무도 사 가지 않았다. 다음 장날도 마찬가지였다.

가온은 곰곰이 생각했다. 아무리 생각해도 맛있는 고구마말랭이가 안 팔리는 이유를 알 수 없었다.

해 질 무렵, 남자아이가 가래떡을 먹으며 지나갔다. 하얀 떡을 보자 짜증이 치밀었다.

'왜 저런 걸 먹지?'

궁금해서 참을 수 없었다. 벌떡 일어나, 지나가는 꼬마를 붙잡았다.

"꼬마야, 혹시 떡을 왜 사 먹니?"

꼬마는 이상한 눈빛으로 가온을 바라보았다.

"엽전 하나로 배 채울 수 있는 게 별로 없잖아요. 떡보다 더 좋은 게 없어요. 이렇게 쉬운 것도 모르다니."

꼬마는 너무 당연한 것을 왜 물어보냐는 듯 고개를 갸우뚱거리다가 다시 앞으로 걸어갔다. 머리통을 뭔가로 한 대 맞은 느낌이었다. 가온은 자리에 앉아 아이들이 좋아하는 요깃거리를 떠올려 보았다. 엿과 떡이 전부였다.

'엿은 단맛으로 먹고, 떡은 배를 채우려고 먹는다면…….'

고구마말랭이는 많이 먹어야 배가 불렀고, 그렇게 달지도 않았다.

"달고, 배부르게……. 달고, 배부르게……. 좋았어! 다시 한번 해보자!"

2. 진짜보다 더 맛있는
가짜 군고구마

군고구마 과자

진짜 군고구마보다 더 달콤한 고구마 모양의 과자이다.
쌀가루로 피를 얇게 만들고 속에 군고구마 앙금을 넣어
모양을 만든다.

2. 진짜보다 더 맛있는 가짜 군고구마

장이 서지 않는 날, 가온은 어머니와 함께 두부를 만들었다.

 콩을 꺼내, 돌을 골라내고 깨끗이 씻었다. 해가 지기 전, 콩을 불려 놓고, 다음 날 아침에 건져 한나절 맷돌에 갈아 콩물을 내렸다. 콩물을 가마솥에 넣고 끓였다. 제대로 익으면 고소한 맛이 났지만, 덜 익히면 비린 맛이 강했다. 끓인 콩물을 면포에 넣고 걸러내면 비지만 남았다. 콩물에 간수를 넣고 저으면 순두부가 나왔다. 두부 틀에 순두부를 넣고 무거운 돌로 눌렀다. 구멍으로 물이 빠지면 네모난 두부가 되었다. 이틀 동안 쉴 틈 없이 손발을 놀려야 겨우 끝낼 수 있는 고된 일이었다.

가온은 두부 틀에 돌을 올려놓고 일어났다. 이제부터 자유로운 시간이었다. 아침부터 서두른 탓인지, 아직 해가 하늘 높은 곳에 있었다. 가온은 창고에서 고구마 한 바가지를 담아 달래 집으로 슬슬 걸어갔다.

"달래야, 달래야."

바가지를 평상에 올려놓고, 옆으로 슬쩍 누웠다. 달래가 앞치마에 손을 닦으며 부엌에서 나왔다.

"고구마말랭이 만들려고?"

달래가 웃으며 옆에 앉았다. 가온은 달래와 함께 음식 만드는 것을 좋아했다.

"아니, 오늘은 다른 거 만들 거야. 일단 고구마 깎아 먹으면서 생각해 보자. 히히."

달래가 부엌으로 가서 칼을 가져와 고구마를 깎았다. 가온은 생고구마를 우적우적 씹으며 하늘을 바라보았다.

"뭔가 딱 하고 떠오르면 좋을 텐데."

가온이 혼잣말하다가 코를 킁킁거렸다.

"이거 뭔 냄새지? 혹시?"

"닭죽 끓여."

"오호! 국물 딱 한 숟갈만 맛봐도 될까?"

달래가 고개를 끄덕이자, 가온은 입맛을 다시며 평상에서 내려왔다. 생고구마를 씹어 먹으면서 부엌으로 걸어갔다. 부뚜막에 올라가 치마를 슬쩍 걷어 올렸다. 솥뚜껑을 조금 밀자, 하얀 증기가 쑥 올라왔다.

"음! 냄새 좋고."

코를 킁킁거리며 눈을 감았다. 국자를 들어 국물을 떠냈다. 작은 고깃덩어리 하나가 딸려왔다.

"국물 맛 좋은데. 야들야들한 게 고기 맛도 좋네."

가온은 국물 사이로 떠다니는 고깃덩어리를 찾았다.

"야! 다리랑 목은 건드리지 말고, 표시 안 나게 살짝 건져 먹어."

달래가 조곤조곤 얘기하다가 가온이 어깨를 툭 쳤다.

"앗 뜨거워! 데었잖아."

혀를 내밀고 손바닥으로 부채질하면서 달래를 노려보았다.

"가온아, 우리 고구마 구워 먹을까?"

"응."

가온이 건성으로 대답하며 고개를 끄덕였다. 다시 솥 안으로 고개를 내밀었다. 몇 국자를 더 먹고 난 다음 배를 통통거리며 마당으로 나왔다.

"잘 먹었다. 히히."

달래는 배 두드리는 가온의 모습을 보며 웃음을 참지 못했다.

"닭 먹으러 온 거야, 고구마 때문에 온 거야?"

"당연히 고구마지. 근데 너 아까 뭘 물어봤지?"

"군고구마, 군고구마 구워 먹자고 물었잖아."

달래가 고구마를 들어 올려 흔들었다.

"여름에 군고구마라니, 미쳐도 단단히 미쳤구나!"

가온이 깔깔거리며 웃다가 갑자기 입을 다물었다.

"뭐, 뭐라고, 군고구마?"

가온이 고개를 갸웃거리며 달래를 바라보았다.

"응, 군고구마. 아궁이에 벌써 넣었는데……."

달래 말 떨어지기 무섭게 가온이 부엌으로 달려갔다. 아궁이 속 고구마가 구수한 냄새를 풍기며 익어갔다. 가온은 나뭇가지로 고구마를 슬쩍 눌러보고 다시 뒤집었다. 그리고는 눈을 흘기며 고구마를 노려봤다.

"뭘 생각해?"

몇 번을 말해도 대답 없자, 가온의 어깨를 툭 치며 다시 물었다.

"미안, 지금 뭐라고 말했어?"

가온이 정신을 차리며 고개를 돌렸다.

"무슨 생각을 하는데?"

달래가 씩 웃으며 가온을 바라보았다.

"아, 그게."

잠시 머뭇거리며 골똘히 생각했다. 그리고는 입을 열었다. 진짜 군고구마처럼 보이는 과자를 만들어 보자는 말이었다.

"그게 쉬울까?"

"만들면 되지, 못 할 것도 없잖아. 이거랑 똑같이 생긴 과자 말이야."

가온은 아궁이 속 군고구마를 나뭇가지 끝으로 툭툭 건드렸다.

며칠 뒤, 가온은 군고구마 과자 만들기를 시작했다. 부엌을 먼저 살펴보고, 창고를 둘러보았다. 재료라고는 쌀, 보리, 콩밖에 없었다.

'속은 군고구마를 으깨 넣으면 되고, 겉이 문젠데……. 보리는 안 될 것 같고, 쌀로 한번 만들어 봐?'

겉을 송편처럼 만들어 볼까 생각했지만, 질퍽한 건 좋아 보이지 않았다. 강정처럼 거칠고 딱딱한 것도 싫었다. 속이 달콤하고 부드러우며, 진짜 군고구마처럼 겉을 얇고 바싹하게 만들고 싶었다.

과자 안에 들어가는 소는 군고구마를 으깨어 넣었다. 하지만 겉모양을 만드는 게 쉽지 않았다. 만두를 빚듯 쌀가루로 반죽을 얇게 만들었다. 얇게 편 껍데기에 소를 넣고 고구마 모양으로 빚었다.

"생긴 것 비슷한데?"

색깔만 비슷하면 진짜 군고구마처럼 보일 것 같았다. 아궁이에 불을 피우고 솥뚜껑을 뒤집어 놓았다. 군고구마 모양의 반죽을 돌돌 굴려 가며 구웠다. 겉이 누렇고 군데군데 거뭇거뭇 탄 곳이 있었다. 한입 베어 먹었다. 속은 진짜 군고구마보다 더 부드럽고 달콤했다. 하지만 겉이 좀 딱딱했다. 찹쌀을 섞어 다시 만들었다. 처음보다 겉이 부드럽고 쫄깃했지만, 아직 군고구마 모양이 아니었다. 가온은 군고구마 과자를 들고 달래 집으로 갔다.

"이거 한번 먹어봐."

달래가 한입 물어 맛을 보았다.

"오! 맛있는데. 근데 이걸 딱 보는 순간, 고구마인지 산약인지 잘 모르겠다. 고구마처럼 보이려면 겉이 보라색이면 더 좋을 텐데."

"보라? 갈색은 어때? 군고구마는 갈색이잖아."

둘은 갈색과 보라색을 두고 한참 실랑이를 벌였다. 결국, 두 가지 색을 모두 만들어 보기로 했다.

색을 입히는 방법도 쉽지 않았다. 둘이 머리를 맞대고 한참을 생각했다. 올봄에 만들어 먹었던 쑥인절미가 떠올랐다.

"맞다! 하얀 떡살에 쑥을 갈아 넣으면 쑥색이 나오잖아."

가온이 환하게 웃으며 무릎을 쳤다.

"맞네. 그럼 뭘 넣지?"

가온이 눈을 떼굴떼굴 돌리며 머리를 굴렸다.

"달래야, 들판에 보라색 맥문동꽃이 활짝 폈던데. 꽃을 맷돌에 갈아서 반죽에 만들면 어떨까?"

"그럼, 갈색은?"

달래가 눈을 크게 뜨며 물었다.

"갈색은……, 칡 있잖아. 칡즙을 짜서 살짝 뿌리면 갈색이 나올 것 같은데."

둘은 곧장 산에 올라갔다. 굵은 칡뿌리 하나를 캐고, 맥
문동꽃을 한 아름 꺾어왔다. 칡즙을 짜서 하얀 찹쌀 반죽에
넣자 순식간에 갈색으로 변했다.

"오! 그럴듯한데! 다음은 맥문동꽃을 맷돌에 갈아보자."

꽃을 넣고 맷돌을 갈았다. 보라색 물이 쭉쭉 흘러나왔다.
꽃물을 반죽에 붓자 진보라색이 연보라색으로 바뀌었다.
도마 위에 반죽을 올려놓고 밀개로 밀었다. 마지막에 군고
구마로 만든 소를 길쭉하게 말아 넣었다.

"이제 한번 구워볼까?"

둘은 솥뚜껑 위에 고구마 모양의 반죽을 올렸다. 몇 번을 빙
빙 돌려가며 구웠다. 갈색, 보라색 군고구마 과자가 나왔다.

"오! 제법 그럴싸한데. 네가 보기에는 뭐가 더 나아?"

"보라색은 생고구마 같고, 갈색은 군고구마 같아."

둘은 고구마 과자를 쪼개 반씩 나눠 먹었다. 같은 모양,
같은 재료를 썼는데, 보라색 군고구마 과자가 더 맛있게 느
껴졌다.

군고구마 과자를 팔기 위해 준비할 게 많았다. 맥문동꽃

을 따고, 군고구마를 구워서 속을 파내고, 찹쌀로 반죽을 만들어 과자를 만들었다. 달래가 가온이 옆에서 쉬지 않고 일을 도왔다.

"가온아, 군고구마 만드는 거 너무 힘 드는데, 삶아서 속을 파는 건 어때?"

"안돼. 삶은 것보다 구운 게 더 달콤하잖아."

"그렇지? 버리는 것도 많고, 시간도 너무 오래 걸려서……."

"맛있어야 잘 팔리니까, 힘들어도 군고구마로 계속 만들자."

보름 동안 고구마 서너 바가지를 버려가며 과자를 완성했다. 하지만 문제는 시간이었다. 장이 열리기 전까지 두부와 군고구마 과자를 동시에 만드는 일이 쉽지 않았다. 결국, 달래가 집에서 군고구마 과자를 만들고, 같이 장터에 나가 팔기로 약속했다.

다음 장날, 달래도 장터에 함께 나갔다. 어머니는 두부를 팔고, 달래가 군고구마 과자를 팔았다.

"진짜보다 더 맛있는 가짜 군고구마가 왔습니다. 이름하여 군고구마 과자!"

가온은 좌판 앞을 돌아다니며 큰소리로 외쳤다. 목소리를 키웠다가 올렸다가, 말을 꼬부렸다가 풀었다가 특유의 입담으로 사람을 끌어모았다.

"여름에 군고구마라니!"

"어! 이것 봐라. 진짜 고구마처럼 생겼네."

갑자기 손님이 몰리자, 달래가 당황하며 어쩔 줄 몰랐다. 어머니가 뛰어와 장사를 도와주었다.

"하나에 두 푼입니다."

"뭐, 하나에 두 푼이라고. 너무 비싸잖아."

머리칼이 텁수룩한 젊은 총각이 말을 툭 뱉고는 뒤로 돌아섰다. 콩고물이 듬뿍 발린 인절미도 한 푼에 다섯 개나 주었다.

"잠깐만요. 그냥 고구마가 아닙니다."

가온이 툭 끼어들어 군고구마 과자 하나를 집어 들었다. 그리고는 여러 조각으로 툭 분지르더니 앞에 모인 사람에게 조금씩 나눠주었다.

"뭐야? 그냥 군고구마가 아니잖아!"

맛을 보더니, 투덜거리던 사람들 표정이 밝아졌다. 서로 앞다투며 하나씩 사 갔다.

"와! 맛이 희한한걸. 부드럽게 씹히는 게 정말 특이해."

"생긴 건 딱 고구만데, 아무튼 맛있네. 이거 하나 줘요."

달래가 군고구마 과자를 호박잎에 싸주었다. 손님이 또 우르르 몰려들었다. 순식간에 절반을 팔았다.

"진짜보다 더 맛있는 가짜 군고구마가 왔습니다. 이름하여 군고구마 과자! 이제 몇 개 안 남았습니다. 이번 기회를 놓치면 닷새를 또 기다려야 합니다."

가온이 소리치며 좌판 앞을 정신없이 돌아다녔다. 좌판 앞에 사람들이 파도처럼 우르르 몰렸다 빠지기를 반복했다.

"어머니, 우리 벌써 다 팔았어요."

"여기 사람이 몰리는 통에 나도 많이 팔았다. 잘했구나."

어머니가 밝게 웃으며 고개를 끄덕였다.

"가온아, 우리 여든두 푼어치 팔았네."

달래는 말을 하면서도 입이 귀에까지 걸렸다. 두부 판 돈만큼은 안 되지만, 나름 큰 수확이었다.

"달래야, 미곡점에 들러 찹쌀 한 되 사서 집에 먼저 가. 나는 두부 파는 거 도와드려야 해."

"알았어."

달래가 경쾌한 목소리로 대답하며 일어났다. 어깨를 덩실

덩실 흔들며 육의전이 쪽으로 달려갔다. 달래가 뛰어가는
모습을 바라보며 가온은 미소를 지었다.

3. 병과점

약과

밀가루나 쌀가루를 꿀, 참기름과 함께 넣어 반죽한
다음 틀에 박아내거나 예쁜 모양으로 빚어서 기름에
지진 후 꿀에 절여 만드는 우리나라 전통 과자이다.

3. 병과점

"줄을 서시오!"

가온이 큰소리를 외치자, 좌판 앞으로 긴 줄이 늘어졌다. 군고구마 과자를 팔기 시작한 지 한 달도 채 되지 않았지만, 소문이 났는지 멀리서도 배오개장터를 찾아왔다.

"저건 뭐지."

지민이 장터를 돌아다니다가, 긴 줄을 보며 멈췄다.

"뭔데 저렇게 맛있게 먹어?"

혼잣말하며 좌판 앞까지 슬슬 걸어갔다. 지민은 비좁은 사람들 사이를 뚫고 좌판 앞까지 다가갔다. 가온이 지민을 보며 고개를 돌렸다.

"줄을 서세요. 순서를 지키셔요."

가온이 큰 소리로 얘기했다. 지민은 깜짝 놀라며 고개를 돌렸다. 깜찍하게 생긴 여자애가 눈을 부릅뜨며 뒤로 가라고 손짓했다. 지민은 웃음이 났다. 화내는 모습이 귀여웠다. 동생 다민과 비슷한 또래로 보였다.

"미안, 미안."

지민은 어색한 미소를 지으며 줄 끝까지 걸어갔다.

"휴! 뭔 사람이 이렇게 많아!"

줄이 조금씩 줄어들더니, 한참을 기다려 차례가 왔다. 지민은 채반에 놓인 군고구마 과자를 보았다. 방금 캔 고구마처럼 보라색이었다. 얼핏 봐도 꽤 신기해 보였다.

"여섯 개 줄래?"

지민이 주머니에서 돈을 꺼냈다.

"한 사람에 두 개씩만 팝니다."

가온이 툭 끼어들며 짧게 얘기했다.

"한참 기다렸는데, 고작 두 개만 판다고?"

"뒤를 보세요. 기다리는 사람이 아직도 많습니다. 죄송합니다."

가온은 똑 부러지게 얘기했다. 지민은 뒷사람이 미는 바람에 옆으로 비켜났다. 호박잎에 싼 군고구마 과자를 들고 멍하니 서 있었다. 열 몇 개 남은 과자가 순식간에 팔려나갔다.

"죄송합니다. 다음 장날에는 더 많이 만들어 올게요."

기다리던 사람들이 아쉬운 표정을 지으며 삽시간에 흩어졌다. 가온은 공손하게 인사하고 달래에게 다가갔다. 지민이 가온에게 얼른 뛰어갔다.

"혹시, 이 과자 만드는 방법을 어디서 배웠어?"

"아뇨. 집에 고구마가 너무 많아 그냥 만들어 봤어요."

가온이 좌판을 치우며 대답했다.

"정말!"

지민은 조금 놀란 듯 입을 쩍 벌렸다.

"왜요?"

가온이 하던 일을 멈추고 지민에게 고개를 돌렸다.

"아니. 그냥 궁금해서."

따가운 햇볕이 아래로 쏟아져 내렸다. 지민은 서둘러 집으로 향했다. 배오개장터를 나와 성균관 쪽으로 걸었다. 여기서 멀지 않은 종로에 병과점이 있었다. 지민이 병과점 문을 열고 안으로 들어갔다.

"오빠, 어디 다녀왔어?"

동생 다민이 쪼르르 달려오며 손에 든 것을 보았다.

"어, 장터에."

"근데, 웬 고구마? 고구마치고 좀 작은데, 뭐 그런 걸 호박잎에 싸서 가지고 다녀?"

"그렇지. 이게 고구마로 보이지?"

지민이가 웃으며 군고구마 과자를 보여주었다.

"칫! 내가 고구마도 모를까 봐? 참, 조금 전에 아버지께서 찾으셨어. 빨리 가 봐."

다민이 피식 웃으며 부엌으로 향했다.

지민은 앞마당을 가로질러 중문으로 들어갔다. 서른 칸이 넘는 기와집이라 곳곳에 중문이 있었다. 지민이 사랑채 안으로 들어갔다.

이십 년 전, 아버지 백선생은 요리하는 숙수로 궁궐 수라간에 들어갔다. 숙수라는 직업은 집안 대대로 대물림해서 자식에게 이어졌다. 대부분 천민이 하는 일이었다. 백선생은 임금에게 큰 상을 받아 천민에서 벗어날 수 있었다. 게

다가 음식 솜씨를 인정받아 사옹원에서 종7품 선부까지 올라갔다. 몇 년 후, 사옹원을 나와 장터에서 떡과 과자를 팔았다. 백선생은 열심히 돈을 모아 종로에 '병과점'이라는 가게를 차렸다. 백선생의 솜씨가 워낙 알려진 터라 궁중은 물론 양반집이나 큰 사찰에서 떡과 과자를 사 갔다.

백선생이 군고구마 과자를 한입 먹고 난 후, 조용히 입을 열었다.

"누가 만든 것이냐?"

입가에 미소가 흘렀다.

지민은 장터에서 본 것을 자세히 얘기했다. 아버지는 얘기를 들으며 조금 놀랐지만, 속마음을 드러내지 않았다. 아버지가 동생 다민을 불렀다. 지민이 밖으로 나가 다민을 데려왔다.

"이거 한번 먹어보아라."

다민이 군고구마 과자를 집어 입에 넣었다.

"어! 이거 고구마가 아니잖아."

처음에는 눈으로, 다음에는 맛으로 놀랐다.

"어머, 세상에 이런 맛이, 오빠 이거 어디서 산 거야? 괜찮은데.”

　다민이 밝은 미소를 지으며 빠르게 얘기하다가 남은 조각
도 얼른 입에 넣었다.

　“기발하구나, 어떻게 이런 생각을 했을꼬?”

　아버지가 고개를 끄덕이며 혼잣말을 했다.

　“뭐, 이 정도쯤이야. 그냥 만들면 되잖아요. 고구마에 찹
쌀 반죽인데, 별로 어렵지 않잖아요.”

　다민이 아무 생각 없이 말을 뱉었다.

　“만드는 게 어렵다는 뜻이 아니다. 이런 것을 생각했다는
게 놀랍지 않으냐?”

　다민이 깜짝 놀라며 아버지를 바라보았다. 좀처럼 남이
만든 음식에 칭찬하는 법이 없었다. 특히 다민이 만든 음식
에 대해 칭찬이 인색했다. 다민은 기분이 상했는지 아랫입
술을 살짝 깨물었다. 대수롭지 않은 과자 하나를 보고 이렇
게까지 칭찬하는 아버지를 이해할 수 없었다.

　다음 장날 아침이었다. 가온과 달래는 좌판을 깔고 정신없
이 장사를 준비했다. 어머니도 옆에서 채반에 두부를 가지
런히 쌓았다. 장사꾼들이 속속 도착하며 주변이 분주했다.

지민이 제일 먼저 줄을 섰다.

"오늘은 내가 제일 먼저 왔네. 뒤에 기다리는 사람 없으면 두 번 살 수 있니?"

지민이 웃으며 가온에게 말을 걸었다.

"그렇게는 안 돼요. 저희도 빨리 팔면 좋지만, 멀리서 오는 사람도 생각해줘야 하잖아요."

가온이 고개를 흔들며 말했다.

"이래도?"

지민이 주머니 안에서 한지로 싼 것을 꺼내 건넸다.

"이게 뭐예요?"

가온은 네모 딱지처럼 접힌 한지를 풀었다. 약과가 나왔다.

"먹어봐."

지민이 미소 지으며 말했다. 가온이 약과를 받아 입에 넣었다. 입안에서 사르르 녹았다.

"와!"

딱 한마디였다.

"왜 맛없어?"

"아뇨. 너무 맛있어요. 근데 이게 뭐예요?"

지민이는 약과에 대해 말해줬다. 꿀, 계피, 진가루를 넣어 반죽해 기름에 튀겨 만드는 과자였다.

"네? 진가루요? 그런 것도 있어요?"

"그래. 쌀을 가루 내면 쌀가루라고 하잖아. 밀은 진가루라고 불러. 워낙 구하기 힘든 재료라 '진(眞)'자를 써서 진가루라 부르지. 값도 쌀가루의 열 배가 넘는단다."

"정말요. 지금 먹은 게 진가루로 만든 약과란 말이에요. 그럼 이게 도대체 얼마짜리야!"

가온이 조금 놀란 듯 눈이 휘둥그레졌다. 지민이 웃으며 고개를 끄덕였다.

"얘, 장사 안 할 거니?"

달래가 눈꼬리를 올리며 가온을 바라보았다.

"미안, 잠깐만! 얘기 좀 끝내고."

가온이 고개를 돌려 달래에게 눈을 깜박거렸다. 그리고는 다시 지민을 보았다.

"그럼, 이거 어떻게 만드는데요?"

"글쎄, 재료와 만드는 법을 알려 줘도 쉽게 만들 수 없을 걸?"

지민이 말에 가온은 발끈한 듯 눈살을 찌푸렸다. 지민이 약과 만드는 법을 차근차근 알려주었다. 가온은 머릿속으로 상상하듯 지민의 말 한마디 한마디를 기억했다.

"생각보다 어렵지 않네요."

"그래, 알았다. 그럼 오늘은 4개 주는 거냐?"

지민이 고개를 끄덕이며 부드럽게 얘기했다.

"아뇨. 그렇게는 안 돼요. 하지만 기분 좋게 마수걸이했으니 덤으로 하나 더 드릴게요."

"아이고, 이렇게 고마울 수가……. 매번 두 개씩 사려면 자주 와야 할 텐데, 이름이나 알고 가자."

"저요? 저는 가온이요. 정가온."

"가온이라……, 몇 살이냐?"

"그건 왜요?"

가온이 입술을 뾰족 내밀며 좌판 앞으로 움직였다.

"열네 살이에요. 저랑 동갑이에요."

달래가 씩 웃으며 한마디 툭 뱉어냈다.

추석을 앞두고 콩을 타작했다. 아버지가 콩 가마를 집으로 가져왔다. 비좁은 헛간에 고구마가 꽉 차 있었다. 아버지는 얼굴을 찌푸리며 마당 주변을 살폈다.

"가온아. 달래네 가서 헛간 빌릴 수 있는지 물어보고 오너라. 고구마를 좀 옮겨야겠구나."

가온이 달래 집으로 쪼르르 뛰어갔다. 그리고는 바로 달려왔다.

"달래네 헛간에 호박이 잔뜩 쌓였던데요. 어떡하지요?"

"할 수 없구나. 고구마를 치우고 어떻게든 넣어봐야겠구나. 휴!"

아버지는 고개를 끄덕이며 긴 한숨을 내쉬었다.

다음 날, 아버지는 고구마를 마당으로 옮기고 창고에 콩가마를 넣었다. 그래도 자리가 모자랐다. 남은 콩가마는 마당 한구석에 쌓았다. 비라도 오면 큰일이었다.

추석이 지나면서 두부가 덜 팔렸다. 가을이 되면 언제나 그랬지만, 올해는 더 심했다.

가온은 고구마를 보며 고민했다. 해를 보고, 비를 맞으면 고구마에 싹이 틀 수 있었다. 가온은 할 수 없이, 달래네 헛간을 정리했다. 호박을 차곡차곡 높이 쌓아 공간을 만들고, 빈자리에 고구마를 억지로 쑤셔 넣었다. 그래도 마당에 고구마가 한가득했다.

며칠 뒤, 아버지는 마당에 쌓아둔 고구마를 헐값에 모두 넘겼다.

저녁에 아버지가 가온을 불렀다.

"가온아, 네가 고구마를 팔기 위해 애쓴 건 안다. 하지만 네 어미가 두부를 팔고, 아비가 콩 농사를 짓는데, 자식이 고구마를 판다는 게 어디 말이 되느냐? 그러니 앞으로는 어머니를 도와 어떻게든 두부를 많이 팔 생각을 하여라."

아버지는 다 팔지 못해 가져오는 두부를 보면서 마음이 아팠다. 힘들게 고생하며 만들었는데, 다 팔지도 못하면 먹거나 버려야 했다.

"그럼, 남은 고구마는 어떻게 할까요?"

가온이 머리를 뒤통수를 긁적이며 물었다.

"무슨 고구마? 창고에 하나도 없던데……!"

아버지가 조금 놀라며 고개를 갸웃거렸다. 가온은 달래네 창고에 옮겨 둔 고구마에 관해 얘기했다.

"버릴 수도 없고, 할 수 없지. 남은 건 네가 알아서 하여라."

아버지가 부드러운 눈빛으로 얘기하며 고개를 끄덕거렸다.

"네. 아버지. 이제부터 두부를 많이 팔 방법을 찾아볼게요. 혹시 팔고 남은 두부로 다른 걸 만들어 팔아도 돼요? 이렇게 하나 저렇게 하나 두부 파는 것 매한가지인데……."

가온이 대답을 기다렸지만, 아버지는 아무 말도 하지 않앗다. 온종일 쉬지 않고 일하는데 호강은커녕 자식에게 이런 짐까지 지우는 게 미안했다.

"아버지. 네?"

가온이 몇 번을 묻고 졸랐다. 아버지는 아무 말 없이 고개를 끄덕였다.

4. 두부과자

두부 과자

두부에 찹쌀가루와 조청을 섞어 반죽한 뒤 얇게 펴서
기름에 튀겨낸 과자이다. 여러 가지 모양으로 만들어
먹는 재미가 쏠쏠하다.

4. 두부과자

"달래야, 이제 군고구마 과자를 못 만들 것 같아……."

가온이 목소리가 시무룩했다.

"왜?"

달래가 설거지를 하다가 고개를 돌렸다. 가온이가 어제 있었던 일을 얘기했다.

"아쉽네. 우리 아버지가 돈 벌어온다고 좋아하셨는데."

달래가 많이 아쉬운 듯 말이 늘어졌다.

"어쨌든 너희 집 창고에 고구마가 조금 있으니까, 한 달은 더 팔 수 있을 거야."

장날마다 군고구마 과자를 팔았지만, 더 만들어 팔 수 없다는 것이 너무 아쉬웠다. 이제부터 두부를 많이 파는 일에 관심을 가져야 했다.

장날마다 지민이 찾아왔다. 지민을 볼 때마다 약과가 떠올랐다.

'약과가 참 맛있던데. 두부를 가지고 약과처럼 만들 수 있다면……'

가온은 잠시 쉴 때마다 좌판 앞에 앉아 두부를 뚫어지게 보며 생각했다.

"가온아, 뭔 생각을 그렇게 오래 하니?"

"왜?"

가온이 깜짝 놀라며 고개를 돌렸다.

"다 팔았어. 쌀 사서 집에 먼저 갈게."

목소리에 힘이 없었다. 다음 장날이 지나면, 군고구마 과자도 끝이었다.

달래가 채반을 들고 일어났다. 아직 한낮이었다. 서늘한 바람이 불었지만, 가을 햇볕이 솜이불처럼 따스했다.

가온은 고개를 돌려 좌판 위에 놓인 두부 채반을 물끄러미 바라보았다. 아직도 한 판을 더 팔아야 했다. 두부도 군고구마 과자처럼 잘 팔리면 좋겠다는 생각을 지울 수 없었다.

"에잇 모르겠다. 두부나 빨리 팔자."

좌판 앞을 돌아다니며 손님을 모았지만, 평소와 다르지 않았다. 그나마 고구마를 가져오는 사람이 없어 다행이었다.

가온은 어머니와 두부를 만들면서 생각하는 시간이 많아졌다. 하지만 좋은 방법이 떠오르지 않았다.

"남는 두부로 과자를 만들어봐?"

잠시 생각하다가 고개를 저었다. 담백한 두부 맛은 과자와 어울리지 않았다.

'약과처럼 맛있는 과자를 만들고 싶은데…….'

머릿속에서 약과가 떠나가지 않았다. 약과를 만들려면 꿀, 계피, 진가루 같은 재료가 필요했다. 하지만 이런 재료는 너무 비쌌다.

'남은 두부에 비슷한 재료를 섞고 약과처럼 만들면 어떨까?'

진가루 대신 쌀가루나 찹쌀가루를 넣고, 꿀 대신 조청을 쓰면 약과와 비슷한 맛이 날 것 같았다. 재료는 달랐지만, 값이 저렴했다. 게다가 약과는 입맛 까다로운 양반이 먹는 간식이었다. 이런 맛이라면 누구나 좋아할 거라 생각했다.

약과보다 싸면서 맛있다면, 잘 팔리는 것은 당연했다.

"가온아, 무슨 생각 하니? 콩물이 눌어붙겠다."

"네, 네."

가온은 건성건성 대답하며, 허겁지겁 주걱을 잡았다. 큰 주걱을 끓는 솥 안으로 넣고 휘휘 저었다. 콩물을 걸러 두부 틀에 넣자, 가온이 할 일이 모두 끝났다. 가온은 두부가 나올 때까지 기다렸다.

"엄마, 저 두부 한 모만 쓸게요."

방금 만든 두부를 한 모를 바가지에 담아 달래 집으로 건너갔다. 달래는 마당에서 빨래를 널었다. 평소 같으면 군고구마 과자를 만든다고 정신없을 시간이었다.

가온이 치마를 살짝 걷어 올리며 평상에 앉았다.

"빨리 널고, 이리 좀 앉아봐."

"웬 호들갑이야?"

가온은 며칠 동안 고민했던 두부 과자를 달래에게 얘기했다.

"그게 가능해? 맛이 괜찮을까?"

달래 표정이 환하게 밝아졌다.

"일단 한번 만들어 보는 거지, 뭔 걱정이야. 아니면 마는 거고. 집에 찹쌀가루 있지? 그것 좀 가져와 봐. 숟가락 두

개하고."

말 떨어지기 무섭게 달래가 부엌을 잽싸게 다녀왔다. 가온은 숟가락으로 두부를 잘게 부쉈다. 찹쌀가루를 붓고 두부를 섞었다.

"아, 맞다. 집에 조청 있지? 작은 종지에 좀 담아와 줘."

가온은 달래 집에 뭐가 있는지 구석구석 모르는 게 없었다.

"진짜. 한 번에 시키지. 이거 달라, 저거 달라. 참 많이도 시키네."

달래가 투덜거리며 조청을 가져왔다. 가온이 손가락으로 조청을 살짝 찍어 먹었다.

"달콤한 게 맛있네."

숟가락으로 조청을 떠내 반죽에 넣고 주물렀다. 가온이 손가락으로 반죽을 찔러보았다.

"다음은 뭐야?"

달래가 부엌으로 뛰어가려고 미리 일어섰다.

"음. 밀개랑 도마랑 칼 좀 갖다줄래. 아니, 그냥 부엌으로 같이 가자."

가온이 바가지를 들고 일어나 부엌으로 향했다. 달래는 입술을 뾰족 내밀며 뒤를 따랐다. 가온이 반죽을 떼서 주먹 크기로 잘랐다. 도마 위에서 반죽을 올리고 밀개로 납작하게 밀었다. 평평한 반죽이 제법 두툼했다.

"두께는 어느 정도 해야 할까?"

반죽을 보면서 고민했다.

"약과처럼 만든다며. 그때 보니까 제법 두툼하던데. 지금 이 정도가 딱 맞지 않을까?"

달래가 엄지, 검지를 닿을락 말락 붙여 손을 들어 보였다.

"좋아."

가온이 경쾌한 목소리로 말하며 고개를 끄덕였다. 그리고는 칼을 들고 네모반듯하게 반죽을 잘랐다. 단추만 한 납작한 반죽 열댓 개가 도마 위에 널려 있었다.

"자. 이제 됐다. 들기름 좀 줘봐."

"진짜, 우리 집 살림 다 거덜 나겠네!"

들기름이란 말에 달래가 발끈했다. 들기름은 비싸서 어머니가 아껴가며 조금씩 사용했다.

"다 이게 같이 잘 먹고 잘살자는 뜻인데 싫어?"

가온이 실실 웃으며 장난치듯 얘기했다. 달래가 일어나 살강 위에 있는 작은 단지를 조심스럽게 내렸다.

"아껴 써라. 많이 쓰면 어머니한테 혼난다."

"알았어. 아궁이에 빨리 불 피우고, 솥뚜껑 뒤집어."

달래가 밖에 나가 마른 장작 몇 개를 가져왔다. 불을 피우고 솥뚜껑을 뒤집었다. 가온이 달래 말을 벌써 잊은 듯 들기름 단지를 들어 솥뚜껑에 콸콸 부었다.

"야! 그렇게 많이 쓰면 어떡해!"

달래가 앞으로 손을 내밀며 항아리를 잡았다. 벌써 항아리 속이 텅 비었다.

장작불이 타오르자, 기름이 끓었다. 가온이 네모반듯한 반죽을 솥뚜껑 위에 넣었다. 반죽이 바닥에 가라앉았다가 위로 쑥 떠 올랐다. 치칙거리며 하얀 거품이 마구 일었다. 하얀 반죽이 갈색으로 변해 갔다.

"오, 제법 빛깔이 나는데."

숟가락으로 반죽을 뒤집었다. 달래가 그릇과 소쿠리를 가져왔다. 가온은 아무 말도 안 했지만, 달래는 눈치가 빨랐다. 달래가 큰 그릇 위에 소쿠리를 올렸다. 튀긴 과자를 꺼내 소쿠리 위에 놓았다. 소쿠리 아래로 기름이 툭툭 떨어졌다.

"이제 먹는 거야? 냄새는 좋은데."

달래가 노란 두부 과자를 보고 코를 들이밀었다. 가온이 손으로 달래 얼굴을 슬쩍 밀었다. 둘은 식을 때까지 기다렸다. 가온이 두부 과자 하나를 집어 달래 입에 넣어주었다. 달래가 아기처럼 입을 벌리고 받아먹었다.

"어때?"

가온은 짓궂은 표정을 지으며 물었다.

"음. 맛은 좋은데 씹는 맛이 별로야. 너무 퍽퍽해."

달래가 씹으면서 말하자, 가온이 하나를 집어 먹었다.

"그렇네. 두부를 넣어서 그런가?"

달래가 눈을 실룩거리며 소리 내어 웃었다.

"반죽 남았는데 조금 더 얇게 만들어 보자. 바싹하면 맛 있을 것 같아."

남은 반죽을 더 얇게 밀어 칼로 잘랐다. 아궁이 속에 장작 몇 개를 넣고 불을 살렸다. 얇은 과자 반죽을 다시 튀겼다.

"자. 빨리 먹어봐."

젓가락으로 집어 달래 입에 넣어주었다. 조금 전에 만들 었던 두부 과자보다 맛이 훨씬 더 좋았다. 하지만 아직도 맛이 텁텁했다.

"조금만 더 부드러우면 좋겠는데. 마치 뭐가 하나 딱 빠 진 느낌이야."

가온이 두부 과자를 씹으며 맛을 음미했다. 그리고는 뭔가 생각하듯 잠시 눈을 감았다.

"부드러운 맛이라. 부드러운 맛이라."

혼잣말을 중얼거리다가 눈을 번쩍 뜨면서 주변을 빙 둘러보았다.

"바로 저거!"

살강 위를 손으로 가리키며 소리쳤다. 달래가 고개를 돌렸다.

"달걀?"

"안 꺼내고 뭐 해? 내 손에 반죽 묻었잖아."

달래가 달걀을 꺼내 바가지에 풀었다. 반죽이 조금 물러졌다. 찹쌀가루를 조금 더 넣고 반죽을 주물렀다. 도마 위에 반죽을 올리고 아주 얇게 밀었다. 칼로 반듯하게 잘랐다.

"이번에는 내가 넣어 볼게. 나중에 내가 만들어야 하잖아?"

달래가 옆으로 다가와 솥 앞에 섰다. 반죽을 기름 속에 넣었다. 지글지글 소리 내며 과자가 떠올랐다.

"와! 소리부터 다른데. 바싹거리는 소리가 벌써 들려. 하하!"

달래가 솥 안을 보면서 경쾌하게 웃었다. 과자를 뒤집고 색깔이 변할 때까지 기다렸다. 진노랑으로 변할 때, 과자를 건져 소쿠리 위에 올려두었다. 둘은 식을 때까지 기다렸다가 하나씩 집어 맛을 보았다.

"바사삭."

입에서 동시에 같은 소리가 났다.

"와! 너무 맛있는데. 얇아서 그런지 진짜 맛있어."

"음! 내가 만들어서 그렇잖아. 히히!"

달래가 으쓱거리며 웃었다.

"반죽은 내가 했거든."

가온이 코를 실룩거리며 싱긋 웃었다.

둘은 남은 반죽으로 두부 과자를 모두 만들었다. 어머니에게 맛을 먼저 보게 하고 평가를 받아볼 작정이었다.

가온이 먼저 집으로 들고 가 두부 과자를 내밀었다.

"이게 뭐냐? 먹는 거냐? 누렇게 말라비틀어진 게……."

어머니가 입에 넣으려다가, 냄새를 먼저 맡았다.

"구수한 냄새가 나는 게 맛있게 보이네……."

두부 과자를 입에 넣었다. 바싹거리는 소리가 났다. 가온은 조마조마한 표정으로 어머니 얼굴을 살폈다.

"이거 뭘로 만들었니?"

기대했던 것보다 맛있다는 듯 어머니가 눈을 크게 뜨며

두부 과자를 살폈다.

"두부요. 두부 가져갔잖아요. 달래랑 같이 만들었어요."

가온이 머리를 살래살래 흔들며 경쾌하게 말했다.

"맛이 좋구나. 그런데 들기름 향이 너무 진해. 돼지기름을 써서 튀기면 더 맛있을 거 같은데. 들기름은 비싸니까 과자 만들기에는 적당하지 않을 것 같구나."

"정말요?"

5. 의관 이 주부

인삼정과

수삼을 잘 씻어 껍질을 벗긴 후 꿀에 졸이거나 절인 정과의
한 종류이다.

5. 의관 이 주부

"엽전 과자, 나비 과자가 왔습니다. 자 하나씩 맛보고 가
세요."

"뭐? 엽전 과자? 나비 과자라고?"

지나가는 사람들이 걸음을 멈추며 좌판 앞으로 고개를 돌
렸다. 가온은 두부 과자를 하나씩 나눠주었다.

"어! 이거 맛이 색다른데?"

"이것도 맛있네. 여기 군고구마 과자 파는 곳 아닌가?"

먹어본 사람마다 가온에게 한 마디씩 건네며 좌판 앞으로
다가왔다. 달래 앞으로 사람들이 모여들었다. 달래가 채반

에 수북이 담긴 두부 과자를 조롱박에 퍼 담았다.

"자! 한 바가지에 두 푼입니다."

달래가 밝은 표정을 지으며 소리쳤다.

"두부도 있고, 과자도 있습니다. 이번에 새로 만든 두부 과자 맛보고 가세요."

가온은 앞을 돌아다니며 열심히 외쳤다. 군고구마 과자를 사러 온 사람이 두부 과자 맛을 보고 한 바가지 담아갔다.

가온은 틈이 날 때마다 주변을 두리번거리며 살폈다.

'오늘은 왜 안 오지?'

지민에게 두부 과자를 자랑하고 싶었다.

중천에 뜬 해가 서쪽으로 조금 떨어질 무렵, 두부 과자가 모두 팔렸다. 군고구마 과자보다 빠르지 않았지만, 그래도 이만하면 다행이라는 생각이 들었다.

"둘이서 고생 많았다."

어머니가 고개를 끄덕이며 둘을 번갈아 보았다.

달래가 집으로 먼저 가고, 가온은 어머니와 함께 남은 두부를 팔았다. 지난 장날처럼 두부가 잘 팔리지 않았지만, 어머니 얼굴에 미소가 가득했다. 두부가 덜 팔려도 두부 과자를 만들면 되기 때문이었다.

다음 장날, 아침 일찍 지민이 찾아왔다.

"와! 이건 또 뭐지?"

지민은 채반 위에 쌓인 두부 과자가 신기한 듯 몇 번을 살펴보았다. 엽전 모양, 나비 모양뿐 아니라 이번에는 물고기 모양, 별 모양까지 있었다.

"맛 좀 봐도 돼?"

"그럼요."

가온이 목소리가 경쾌했다. 별 모양을 집어 지민에게 건넸다.

"음! 맛있는데. 뭐로 만든 거야?"

"두부요. 진짜 맛있죠?"

가온이 말하기도 전에 달래가 툭 끼어들었다.

"모양도 예쁘고, 맛도 좋은데. 그런데 이 맛은……?"

지민이 입을 오물거리다가 잠시 멈췄다. 그리고는 다시 입을 열었다. 가온은 두 눈을 동그랗게 뜨고 지민을 뚫어지게 바라보았다. 무슨 말이 나올지 궁금해서 입을 열 때까지 마냥 기다렸다.

"바싹하고 담백한데, 단맛까지……. 기름에 튀긴 게 약과랑 비슷한데, 약과랑은 전혀 달라. 달지 않은 데 정말 맛있어."

지민이가 말을 끝내자, 가온이 얼굴에 미소가 피어났다.

"어! 그거 어떻게 알았어요? 가온이가 약과처럼 만들고 싶어 한참 고민하다가 만든 과자예요."

달래가 실실 웃으며 한마디 거들었다.

"뒤에 줄 서서 기다리는데, 장사 안 해요?"

뒤에 서 있던 꼬마 아이가 볼을 부풀리며 입을 뾰족 내밀었다. 잠시 얘기하는 사이 손님이 몰려들었다.

"오라버니, 살 거예요?"

가온은 얼떨결에 지민을 오라버니라고 불렀다. 지민이 얼굴이 조금 붉어졌다.

"어, 어, 얼, 얼마지?"

지민이 조금 당황하며 말을 더듬었다.

"한 바가지 두 푼이에요."

달래가 웃음을 참으며 조롱 바가지에 두부 과자를 담았다. 지민이가 봇짐을 풀어 보자기를 펼쳤다. 가온이 조용히 다가와 여러 모양의 두부 과자를 한 주먹 집어 슬쩍 넣어주었다.

"고맙다. 다음에 또 보자."

지민은 얼른 봇짐을 묶고 재빨리 일어났다.

벌써 소문이 났는지, 시간이 갈수록 사람들이 몰려들었다. 지난번보다 더 많이 만들어 왔지만, 한낮이 되기 전에 모두 동이 났다.

지민은 병과점으로 들어가 사랑채 쪽으로 먼저 갔다. 사랑채 앞에서 다민과 마주쳤다.
"누가 오셨어?"
다민이 손에 든 그릇을 보며 물었다. 귀한 손님에게만 꿀에 절인 인삼정과를 대접했기 때문에 물어본 말이었다.
"어. 이 주부 어르신 오셨어."

이종국은 내의원에 근무하는 종6품 주부였다. 중인이지만, 상민인 백선생과 허물없는 친구 사이였다. 이 주부는 의관으로서 음식 만드는 것을 좋아했고, 특히 한과에 관심이 많았다. 시간이 날 때마다 병과점에 들러 음식 얘기를 하며 시간을 보내는 게 즐거움이었다.

"오늘은 연락도 없이 오셨네. 그럼 조금 있다가 들어가야겠다. 이것도 같이 들여보내."

지민이가 마루에 걸터앉아 봇짐을 풀었다.

"어머머! 예뻐라. 이건 또 뭐야?"

다민은 오빠에게 두부 과자를 받아 안으로 들어갔다. 이 주부가 먼저 두부 과자 맛을 보았다. 차와 함께 먹는 다식 같은 담백한 과자라고 생각했는데, 맛을 보더니 깜짝 놀라며 두부 과자를 다시 먹었다.

"이건 또 뭔가? 이번에 새로 만든 과자인가? 맛이 희한하네."

옆에 있는 인삼정과는 거들떠보지도 않고 이 주부는 몇 번이고 두부 과자를 먹어보고 살폈다.

"맛있네. 역시 자네 솜씨는……. 허허허!"

"그게 아니라, 나도 처음 보는 과자이네."

백선생이 당황한 듯 두부 과자를 얼른 입에 넣었다. 처음 먹어보는 색다른 맛이었다.

"이거 어디서 가져왔느냐?"

백선생이 조금 당황한 듯 말소리가 빨랐다.

"조금 전에 오라버니가 주고 갔어요."

다민이 공손하게 말하자, 백선생이 곧바로 지민을 불렀다.

잠시 후, 지민이 들어와 이 주부에게 공손히 인사하며 자리에 앉았다.

"이것을 어디서 가져왔느냐?"

백선생이 과자를 집어 올리며 물었다. 지민은 지난번 군고구마 과자를 만든 아이에게 샀다고 얘기했다. 두부 과자에 대해 들은 얘기를 빠짐없이 전했다.

"역시 예상한 그대로군. 혹시나 해서 물어봤다. 일단 나가 있거라."

백선생이 밝은 미소를 지으며 고개를 끄덕였다. 지민이나가자, 이 주부가 백선생에게 말을 걸었다.

"예상한 그대로라니, 지난번에 무슨 일이 있었는가?"

백선생은 지민에게 들은 군고구마 과자에 관한 얘기를 꺼냈다.

"뭔가 새로운 것을 만드는 것을 좋아하는 아이로구먼. 가만, 그러고 보니 예전에 자네 모습이랑 비슷하네. 허허!"

백선생이 젊었을 때, 궁중 요리사인 숙수로 일했다. 주로과자를 만들었고, 솜씨도 꽤 좋았다. 하지만 숙수가 하는일은 늘 비슷해서 재미가 없었다. 백선생은 새로운 과자를만들고 싶어 늘 고민했다. 그러다 한과에 색을 입히고 싶은마음이 생겼다. 하지만 임금이 먹는 음식에 아무 재료나 넣을 수 없었다. 색을 입히기 위해 백방으로 수소문하다가 의관 이종국을 만났다. 의관의 도움을 받아야 사람 몸에 위험하지 않은 재료를 고를 수 있기 때문이었다. 이종국은 백선생을 열심히 도와주었다. 백선생은 다양한 재료를 사용해 한과에 여러 가지 색을 입힐 수 있었다. 처음에는 빨강, 노랑, 초록, 분홍을 입혔다. 하지만 시간이 지나면서 한과를 가지고 그림 그리듯 과자를 만들었다. 파란색, 흰색이 섞인 깨강정으로 구름을 만들고, 초록색 한과로 다섯 개의 산봉우리를 그려냈다. 빨강, 노랑 다식을 해와 달로 만들어 일월오봉도(日月五峯圖)를 만들어 임금께 바쳤다. 임금이 기뻐하며 백선생을 면천시켜주었다.

"그때는 정말 대단했지. 누가 그런 생각을 했겠나?"
이 주부가 예전 일을 꺼내며 칭찬을 아끼지 않았다.
"이제 우리도 나이를 먹었나 보네. 옛이야기를 하는 거 보면. 허허허!"
백선생이 고개를 끄덕이며 점잖게 웃었다.
"그래서 말인데, 저잣거리에도 재주 있는 아이가 있는데……, 도성 안팎을 찾아보면 더 많지 않겠나? 이번 기회에 경연을 한번 열어 재주 있는 아이들을 뽑아보는 것은 어떤가?"

"경연을 ……?"

백선생이 조금 놀라며 말끝이 올라갔다.

"우리 때와는 달리 요즘 아이들은 기발하지 않은가? 망설이지 말고 이번에 한 번 해보세."

"그거야 그렇다만……."

백선생이 뭔가 생각하는 듯 말 뒤끝을 흐렸다.

"뭘 망설이는가. 손해 볼 것이 전혀 없네. 재주 있는 아이를 찾으면 좋고, 허탕 쳐도 그만일세. 어쨌든 새롭고 맛있는 과자를 맛볼 좋은 기회가 아닌가? 내가 서른 냥을 내놓겠네. 열 냥은 상금을 걸고, 나머지는 경비로 쓰게나."

이 주부가 신이 났는지 말을 하면서도 어깨를 들썩거렸다.

"그렇게 큰돈을? 그래, 일단 한번 해보겠네."

백선생이 얼떨결에 승낙하자, 이 주부는 쇠뿔도 단김에 뺄 기세로 달려들었다. 이 주부는 예전에 미리 생각이나 한 듯 모든 계획을 하나씩 얘기했다.

이 주부가 돌아가고, 아버지가 남매를 불렀다. 이 주부와 얘기한 경연에 대해 말해주었다.

"경연을 어떻게 치를지 둘이 함께 머리를 맞대고 생각해 보아라."

"네, 경연이라고요?"

지민이 조금 놀란 듯 아버지를 바로 보았다. 하지만 다민은 아무 말 없이 시무룩한 표정을 지었다. 아버지 얘기가 끝나고 둘은 사랑채에서 나왔다.

다민은 부엌까지 걸으며 곰곰이 생각했다. 이 일은 저잣거리에서 과자를 파는 아이 하나 때문에 생긴 일이 분명했다. 게다가 경연이라는 말이 나온 것을 보면, 이 주부가 나서서 계획한 일이 확실했다. 이 주부 눈에 들면, 수라간 들어가는 일은 땅 짚고 헤엄치기나 다름없었다.

다민은 경연 준비를 할 때마다, 한 번도 보지 못한 가온이 얼굴이 떠올랐다.

"고 계집애, 어떻게 생겼는지 진짜 궁금하네. 장터에 가서 한번 보고 올까?'

생각하면 할수록 가온이 얼굴이 더 또렷하게 나타났다.

'경연 1등으로 여기 들어와서, 내 자리를 빼앗고 나중에 수라간에 들어가면……, 수라간에는 내가 들어가야 하는데.'

이런 생각을 하자, 머리가 지끈지끈 아팠다.

'미치겠네. 내가 도대체 무슨 생각을 하는 거야? 고작 그런 애한테 신경을 쓰다니.'

다민은 곰곰이 생각했다. 일이 커지기 전에 막아야 한다는 생각이 들었다.

며칠 동안 이런 생각이 머릿속에 머물렀다. 그러다가 뭔가 번쩍 생각이 났다.

"그래, 병과점에서 만든 과자는 품위가 있어야 하잖아. 게다가 공정하게 경쟁해야 하고. 히히."

다민은 병과점에서 모든 재료를 준비하고, 참가자 모두 어떤 재료도 못 가져오게 할 계획을 세웠다. 이런 방법이라면, 누가 봐도 공정한 경쟁이 틀림없었다.

"한 번도 본 적 없는 귀한 재료로 음식을 만들 수 있겠어? 저잣거리에서 싸구려 과자나 만드는 주제에……. 암, 어림도 없지."

다민은 혼자 상상하며 야릇한 웃음을 흘렸다.

6. 경연소식

다식

쌀, 밤, 콩 등의 곡물을 가루로 만들어 꿀 또는 조청에
반죽하여 다식판에 찍어낸 과자이다. 차를 먹을 때 같이
먹는다.

6. 경연 소식

"후드득후드득."

잔뜩 찌푸린 하늘에서 빗방울이 떨어졌다.

"어머니, 어떡해요?"

가온은 난리가 난 것처럼 호들갑을 떨며 마당을 돌아다녔다. 빨래를 잽싸게 걷고, 불린 콩을 처마 아래로 옮겼다. 맷돌은 무거워 여자 둘이 옮기지 못했다. 맷돌에 갈아놓은 콩물이 많지 않아 그나마 다행이었다.

"온종일 비가 내릴 것 같구나. 휴!"

어머니가 하늘을 보며 긴 한숨을 내쉬었다.

한낮이 되어도 비가 그치지 않았다. 가을비치고 제법 굵었다. 아버지가 허겁지겁 마당으로 들어왔다. 부엌 앞에서 짚으로 만든 도롱[4]과 삿갓을 벗고 빗물을 털어냈다.

"아버지 오셨어요."

가온이 쪽마루에서 일어나 인사했다. 어머니가 방으로 들어가 마른 옷 한 벌을 꺼내 왔다.

"어젯밤에 허리가 쑤실 때 알아봤지. 아침 일찍 안 나갔으면 큰일 날 뻔했네. 출출한데 뭐 먹을 거 없어?"

아버지가 저고리를 갈아입으며 입맛을 다셨다.

"우리 집에 콩 말고 먹을 게 뭐가 있어요? 삶은 메주콩이라도 좀 드려요?"

어머니가 웃으면서 쪽마루에 걸터앉았다.

"꼬끼오! 꼬끼오!"

닭장에서 암탉이 고함치며 소리를 질렀다.

"맞다. 콩 대신 닭이라고, 오늘 저 녀석을 잡아먹어야겠다. 가온아, 부엌에 물 올리고, 실한 놈으로 한 마리 잡아오너라!"

아버지가 실실 웃으며 장난치듯 얘기했다.

---

4) 비옷

"안 돼요. 이제 곧 알 낳을 건데요. 지금은 안 돼요."

가온이 얼굴을 찌푸리며 목청에 힘을 주었다.

"저놈의 닭이 '나 잡아 드세요!' 하며 소리치길래 한번 해본 소리다."

"아버지도 참."

가온이 미안한 듯 목소리가 가늘어졌다.

빗방울이 조금 가늘어졌다. 어머니가 물끄러미 마당을 보며 고개를 돌렸다.

"가온이 아버지, 지난번 장마 때도 그랬지만, 비가 오면 일을 못 하잖아요. 콩 타작 끝나면, 비를 가릴 수 있게 작은 헛간이라도 지어주세요."

다소곳한 목소리로 조곤조곤 얘기했다.

"그렇지. 이번 타작만 끝나면 저쪽에 바로 지어주지."

아버지는 손으로 창고 쪽 공터를 가리키며 얘기했다. 어머니 얼굴이 밝아졌다.

비가 잠시 그치자, 아버지가 맷돌을 들어 부엌으로 옮겨주었다. 조금 불편해도 비가 오는 동안에는 좁은 부엌에서 콩을 갈고, 두부를 만들어야 했다. 초저녁이면 끝날 일을 달이 하늘 꼭대기에 올라갈 때까지 잠시도 쉬지 못한 채 몸을 놀렸다.

다음 날 아침부터 비가 또 내렸다.

"이걸 어쩌나?"

오늘이 장날이었다. 주룩주룩 쏟아지는 비 때문에 집 밖으로 나갈 수 없었다. 어머니는 두부를 보며 얼굴을 찌푸렸다. 어제 내린 비 때문에 두부를 많이 만들지 못한 것이 그나마 다행이었다. 달래도 울상을 지었다.

"가온아, 이거 어떡하지? 어제 만든 과자를 다음 장에 팔 수 있을까? 게다가 오늘 팔 두부는 어떻게……."

둘은 시무룩해지며, 서로 얼굴만 쳐다보았다.

세차게 내리던 비가 해지기 전에 그쳤다. 언제 그랬냐는 듯 하늘이 맑았다. 파란 하늘에 저녁노을이 온산을 붉게 물들였다. 둘은 하늘을 물끄러미 바라보았다.

"야, 저것 좀 봐."

주홍빛 하늘 아래 감나무 한 그루가 굵고 거뭇한 선을 그려냈고, 사이사이 툭툭 찍은 점이 노을을 먹어 노란 감을 홍시로 보이게 했다.

"우리 감 딸래?"

"뭐하게?"

"심심한데, 땡감 따서 단감 만들어 먹자. 우리 집에 소금 많잖아. 너희 집에는 빈 독 있지?"

"그럴까?"

둘은 뭘 하든 죽이 척척 맞았다. 달래가 낫을 들고, 가온이 소쿠리를 잡았다. 슬금슬금 밖으로 나갔다. 달래가 길쭉한 나무 하나를 낫으로 쳐내 긴 작대기를 만들었다. 둘은 덩실덩실 춤을 추며 감나무 아래로 갔다. 달래가 굵은 곁가지를 손으로 잡고 나무둥치에 발을 걸쳤다. 가온이 뒤에서 밀어 올렸다.

"자! 이거 받아."

가온은 긴 작대기를 달래에게 주었다.

"툭."

감을 건드릴 때마다 하나씩 아래로 떨어졌다.

"야, 저쪽, 아니 그 위에."

가온이 손가락으로 하늘을 찌르며 소리칠 때마다 감이 또 떨어졌다. 가온이 밑에서 이리저리 돌아다녔고, 달래는 나뭇가지 위아래를 정신없이 들쑤셨다.

“한 소쿠리 가득 찼어. 이제 내려와.”

가온이 손짓하며 소리치자, 달래가 아래로 내려왔다. 둘은 소쿠리를 들고 사이좋게 걸어갔다. 가온이 잽싸게 집으로 달려가 소금을 한 바가지 가져왔다. 달래가 소금물을 만들어 감이 찰랑찰랑 잠길 때까지 물을 부었다.

다음 날, 아침부터 두부 과자를 만들었다. 서늘한 가을 날씨지만, 두부를 사나흘 놔둘 수 없었다. 아침부터 정신없이 바빴다. 지난번 만든 두부 과자가 있지만, 팔지 못한 두부까지 끼어들어 잠시도 쉴 틈이 없었다.

오 일이 금세 지나갔다. 둘은 이른 아침부터 바쁘게 움직였다. 가온이 지난번에 만든 두부 과자를 먼저 먹어보았다. 그리고는 어제 만든 과자를 맛보았다.

“음. 괜찮네. 맛이 똑같아.”

두부 과자를 채반에 가득 담고 보자기로 묶었다. 이렇게 해야 많이 가져갈 수 있었다. 쌀쌀한 가을 날씨지만, 이마에서 땀이 흘렀다. 동대문을 지나 저잣거리로 들어갔다. 이른 아침이라 거리가 조용했다. 좌판을 깔고 서둘러 장사 준비를 끝냈다.

지난 장날 비가 온 터라, 아침 일찍부터 사람들이 저잣거리로 몰려나왔다. 거리 곳곳이 사람으로 가득했다.

"오늘 제법 팔리겠는데."

가온이 눈을 찡긋거리며 달래에게 속삭였다. 어머니 쪽에도 손님이 꽤 많았다. 하지만 두부 과자가 너무 많아 한낮까지 다 팔지 못했다.

"가온아, 저녁까지 다 팔 수 있을까?"

"안 팔리면 다 먹으면 되지. 뭘 걱정을……."

가온이 까불거리며 큰 소리로 얘기하다가 갑자기 말을 멈췄다. 육의전 쪽에서 걸어오는 지민을 보았다. 달래도 눈치를 챘는지 고개를 잽싸게 돌렸다.

"단골손님 오시네."

달래가 실실 웃으며 들릴락 말락 한 소리로 얘기했다.

"혹시나 해서 지난 장날 와봤는데……, 비가 와서 안 온 거니?"

지민이 찡긋 웃으며 반갑게 얘기했다.

"맞아요. 비 때문에……. 근데 오라버니 손에 쥔 게 뭐예요. 오늘은 종이에 과자를 담아가시려고요?"

가온은 지민의 손에 있는 하얀 종이를 물끄러미 보았다.

"아, 이거."

지민이가 가온에게 하얀 종이를 내밀었다.

"저, 글 몰라요."

얼굴이 붉어지며, 목소리가 기어들어 갔다.

"언문[5] 몰라?"

가온은 말없이 고개를 흔들었다. 달래도 시무룩한 표정으로 멀뚱히 바라봤다.

지민은 보름 뒤 열리는 경연에 대해 중요한 몇 가지만 얘기했다. 열다섯 살까지 참가할 수 있고, 공정하게 시합하기 위해 모든 재료는 병과점에서 미리 준비한다는 내용이었다.

"와! 상금이 무려 열 냥!"

달래 입이 쩍 벌어지며, 중간에 툭 끼어들었다. 쌀 한 가마니가 다섯 냥이었다. 달래 아버지가 서너 달 안 먹고 안 써야 겨우 모을 수 있는 돈이었다.

남은 내용이 좀 더 있었지만, 다시 읽기도 전에 가온이 입을 열었다.

"글쎄요. 저랑 상관없는 일이네요. 그리고 우리가 미(美)와 식(食)을 어떻게 알아요. 낫 놓고 기역 자도 모르는데."

---

5) 한글을 속되게 이르던 말이다.

가온이 입을 내밀며 고개를 흔들었다. 지민은 난감했다. 상금 열 냥이 걸렸다는 얘기를 꺼내면 관심을 가질 줄 알았다. 지민은 잠시 생각하다가, 봇짐을 풀어 종이로 만든 작은 상자를 꺼냈다.

"자. 이거 한번 먹어볼래?"

북촌 대감집에서 똑같이 만들어 달라고 받아온 콩다식이었다. 알록달록한 빛깔에 예쁜 무늬가 찍혀 있는 과자였다.

지민이 다식 하나를 꺼내 가온에게 주었다.

"이건 뭐지?"

가온이 혼잣말하며 신기한 눈으로 살폈다. 반입 베어 먹고 달래에게 주었다.

"맛있네요. 약과랑 씹히는 맛이 전혀 다른데요. 부드럽고 달콤하고 고소해요."

지민은 예상했다는 듯 고개를 끄덕였다.

"이거 뭐로 만든 줄 알아?"

"뭐. 메주콩 맛도 나고, 단맛은 지난번 약과랑 같네요. 그게 꿀이라 했던가? 꿀요. 그리고 참기름 맛이 살짝 묻어 있어요."

가온은 신이 난 듯 줄줄 읊어냈다. 지민은 조금 놀란 듯 가온을 뚫어지게 바라보았다.

"그래. 정확히 맞았어. 그럼 이거 어떻게 만드는지 아니?"

혹시나 해서 던진 말이었다.

"글쎄요. 콩을 볶아 껍질을 버리고 곱게 갈았네요. 물과 꿀을 조금 넣고 반죽을 해서 판으로 찍어서 모양냈고요. 속에선 참기름 냄새가 안 나고, 겉에서만 향이 은은히 퍼져요. 판에다가 참기름을 발랐나?"

가온이 미주알고주알 수다를 늘어놓듯 신나게 얘기했다. 지민은 가온의 얘기를 듣고 깜짝 놀랐다. 다식 만드는 과정을 하나도 빠지지 않고 정확히 알아맞혔기 때문이다.

지민은 믿을 수 없다는 듯 입을 쩍 벌리며 한참 동안 고개를 저었다.

"지금 네가 말한 게 정답이야. 이렇게 만들면, 일등 할 수 있는 시합인데."

"에계계. 고작 이런 거 만드는 게 경연이라고요?"

가온이 말하며 까르르 웃었다. 달래도 어이가 없다는 듯 혀를 차며 볼을 부풀렸다. 지민이 엉너리를 떨며 몇 번을 설득했지만, 가온은 관심이 없는 듯 고개를 계속 흔들었다.

"싫어요. 미(美)인지, 식(食)인지 그런 거 몰라요."

가온이 뾰로퉁한 표정을 지으며 손을 저었다.

"가온아. 오라버니가 얘기했잖아. 미는 모양도 맛도 예쁜 거라고. 예쁘고 맛있게 만드는 거, 너 잘하잖아. 그게 뭐가 어려워? 그 말이 그 말 같은데."

"그게 그거 맞아요?"

가온이 지민을 보며 물었다. 지민이 고개를 끄덕이며 눈웃음을 지었다.

"지금 우리가 파는 별 과자, 나비 과자처럼……. 이렇게 예쁘고 맛있는 과자를 만들면 된다고요?"

가온이 말하며 채반 위에 올린 나비 과자를 하나 집어 먹었다.

"그래 맞아. 이렇게 만들면 돼."

지민이가 껄껄 웃으며 맞장구를 쳤다.

"할 거지?"

"한번 생각해 볼게요."

가온이 싱글벙글 웃으며 고개를 갸웃거렸다. 지민이 좀 더 얘기하려다가 여기서 끝내기로 마음을 먹었다.

"그래. 참가하려면 이번 달 보름까지 이름을 미리 올려야 하니까, 결정하면 꼭 얘기해줘. 이번 달 보름까지야. 보름."

7. 경연

시루떡과 백설기

시루떡은 쌀가루에 팥, 콩, 대추 등을 적당히 넣고 시루에
쪄내고, 백설기는 멥쌀가루만 넣어 시루에 쪄낸다.

7. 경연

농사철이 끝나자 아버지는 마당 한구석에 헛간을 짓기 시작했다. 달래 아버지도 쉬는 날이 많아 일을 거들어 주었다.

"거기 쌓으세요. 네, 거기요."

아버지가 손끝으로 가리키자, 달래아버지가 나무를 한곳에 쌓았다. 어제까지 헛간 터를 반듯하게 다졌다. 이제 기둥을 세우고 지붕만 올리면, 제법 집 모양을 갖출 것 같았다.

달래 집에선 김장이 한창이었다. 가온과 달래는 아침부터 배추를 날랐다. 소금에 절인 배추를 헹궈 마당으로 옮겼다.

겨울 한 철 반찬 걱정하지 않으려면, 김장을 푸짐하게 해야
했다.

가을 끝자락이지만, 햇볕이 아직 따가웠다. 해 질 무렵, 마
당 왼편에는 제법 근사한 헛간이 생겼다. 반대편 담벼락 아
래에는 봄까지 먹을 장독 여러 개가 옹기종기 모여 있었다.

며칠 뒤, 달래네 지붕을 새로 얹었다. 한 해 동안 눈비를
맞은 누런 지붕을 걷어냈다. 볏짚 곳곳이 썩어 시큼한 냄새
를 풍겼다.

"굼벵이다."

달래가 헌 볏짚 사이에서 꿈틀대는 하얀 굼벵이를 집었
다. 엄지손가락 한마디 정도 되는 제법 큰 놈이었다.

"징그러워. 치워."

가온이 얼굴을 찌푸리며 뒤로 물러났다.

가온이 아버지가 볏짚을 날라 마당에 쌓았다. 달래 아버
지가 볏짚으로 이엉을 엮었다. 지붕 꼭대기에 올라가 중심
을 잡아주는 용마루 자리를 만들어 이엉을 이어나갔다.

"저쪽에 조금 더 덮어야겠어요. 아니, 거기."

가온이 아버지가 지붕 한쪽을 가리키며 소리치자, 달래
아버지가 지붕 위에서 천천히 움직였다. 새 볏짚으로 지붕

을 덮은 뒤, 처마를 손질했다. 새 볏짚이 올라가자, 헌 집이 새집으로 바뀌었다.

정신없이 며칠이 지나갔다. 덩달아 바빴던지, 가온은 경연에 대해 전혀 생각하지 못했다. 게다가 지민이 장날에 들르지 않아 까맣게 잊어버렸다.

맷돌 앞에 앉자, 지민이 한 말이 떠올랐다.

'이번 달 보름까지야. 보름.'

보름이면 다음 장날이었다. 가온은 이런저런 생각을 하면서 두부를 만들었다. 경연에 나간다고 해도, 1등 한다는 보장이 없었다. 그 정도 상금이면 참가자가 꽤 많을 것 같았다.

'1등 하려면, 어떤 과자를 만들어야 할까?'

이런저런 생각을 하며 맷돌을 돌렸다. 하지만 뭘 만들어야 할지 떠오르지 않았다. 지금까지 만들어 본 것은 고구마 과자와 두부 과자가 전부였다.

'시간이 날 때, 육의전이라도 둘러볼까?'

'달래 어머니한테 물어봐?'

가온은 불린 콩을 넣지도 않고 맷돌을 하염없이 돌렸다.

"가온아. 뭐하니. 콩 안 넣고?"

어머니가 지나가다가 가온을 보며 얘기했다.

"네. 지금 넣어요."

가온은 정신을 차린 뒤, 불린 콩 한 국자를 맷돌 아가리에 넣었다.

이른 아침부터 병과점은 바빴다. 농사가 끝나는 시월이면, 집마다 붉은 팥으로 시루떡을 해서 성주신에게 한해 농사를 감사드리는 고사를 지냈고, 조상 무덤에 찾아가 제사를 지냈다. 큰 농사를 짓는 집에서는 이런 행사마다 많은 음식을 사용했다.

백선생이 집안 곳곳을 돌아다니며 살폈다. 다민이 싸릿개비 채독에서 팥을 꺼냈다. 백선생이 헛기침하자, 다민이 얼른 뛰어나왔다.

"오늘은 뭐를 만드느냐?"

백선생이 부엌 앞에 서서 물었다.

"북촌 김 진사 어른댁에 가져다드릴 시루떡과 남산골 박 초시댁에 가져갈 엿을 만듭니다."

"음. 김 진사 어른댁에 보낼 떡은 시루에 올릴 때, 나를 부르거라. 까다로운 집이라 내가 직접 봐야겠다."

백선생이 조용조용 낮은 목소리로 말했다.

"네. 알겠습니다."

다민이 고개를 숙이며 공손히 대답했다. 백선생이 마당을 지나 행랑채로 건너갔다. 지민은 아버지에게 장부를 보여 줬다. 병과점에 들어오고 나가는 품목이 많아, 방바닥에 쌓인 장부만 해도 열 권이 넘었다.

"정리를 잘했구나. 오늘 혜화문(惠化門)[6] 이 교리 댁에는 네가 직접 다녀오거라. 그리고 오늘이 보름인데, 경연에 몇 명이나 신청했느냐?"

백선생이 장부를 덮으며 점잖게 물었다. 지민은 책장에서 장부를 꺼내 참가자 이름을 쭉 살폈다. 가온이 없었다. 다시 한번 보았지만, 이름을 찾을 수 없었다.

"어제까지 다섯 명입니다."

"알겠다. 그렇게 많지 않구나."

백선생이 말을 끝내고 일어났다.

지민은 오늘이 장날이라는 것을 알았다. 가온이 신경 쓰였다. 마지막으로 한 번 더 설득해보고 싶었다.

---

6) 지금의 종로구 혜화동

'안 되겠다. 이 교리 댁에 들렸다가 장터에 잠깐 가봐야겠어.'

지민이 도포를 꺼내 입고 방에서 나왔다. 혹시나 해서 부엌에 잠시 들러 다민을 불러냈다.

"이 교리 댁에 다녀올게."

"어! 혜화문에는 인희 보내기로 했는데."

"아니야. 내가 갈게."

"어, 알았어. 그렇게 해."

지민이 말투가 조금 어눌했다. 다민은 직감적으로 오빠가 가온에게 갈 거라는 생각이 들었지만, 새침을 뚝 떼며 아무 일도 없다는 듯 미소를 살짝 지었다. 그리고는 오빠가 나가는 것을 끝까지 살펴봤다.

"흥, 보나 마나 가온인지, 가오린지, 또 그 계집애 만나러 가는 거겠지. 칫! 그런데 왜 성균관 쪽으로 올라가지?"

배오개장터는 반대쪽 길이었다. 다민은 갸웃거리다가 치마 중간을 살짝 잡아당기며 안으로 들어왔다. 천천히 걸으며 생각했다. 가온의 얼굴이 불쑥 떠올랐다.

'재료만 가지고는 조금 불안해.'

다민은 부엌 앞에서 제자리걸음 하다가 인기척을 느꼈다. 남산댁이 항아리를 이고 부엌 쪽으로 다가왔다. 다민이 얼른 뛰어가 항아리를 받아 주었다.

"고마워. 어찌 이리 마음씨가 고울까? 얼굴도 예쁘고."

남산댁이 다민에게 칭찬하며 뒷마당으로 사라졌다.

'그래. 시루.'

항아리를 닮은 시루가 떠올랐다. 저도 모르게 웃음이 났다.

쌀쌀한 날씨지만, 장터에는 제법 사람이 많았다. 달래는 정신없이 두부 과자를 팔았지만, 가온은 장사를 하면서도 틈틈이 주위를 살폈다. 해가 서쪽 하늘로 많이 기울였다. 가온은 마음이 급했다. 지민이가 오면 다행이지만, 오지 않으면 병과점에 직접 가기로 마음을 먹었다.

"정가온. 너 누구 기다려?"

달래가 옆구리를 찌르며 귓속말로 속삭였다.

"알면서. 지민이 오빠가 말한 거 있잖아. 경연 신청해야 하는데, 지난 장날에도 지민이 오빠 안 왔잖아."

"뭐 만들 건데?"

"아직."

"지금 다녀와. 이제 거의 다 팔았는데, 혼자 있어도 충분해."

달래가 가온을 떠밀며 부추겼다.

“정말?”

가온이 얼굴이 환하게 밝아졌다.

“어머니, 저 볼일 좀 보고 올게요.”

보통 때보다 말이 훨씬 빨랐다.

가온은 성균관 쪽으로 달려갔다. 시장을 벗어나자, 거리가 한산했다. 얼마 가지 않아 종로가 나왔다.

“병과점이 종로에 있다고 했는데, 어디지?”

가온은 양쪽으로 고개를 돌리며 천천히 걸었다. 비슷한 한옥이 양쪽으로 즐비하게 이어졌다. 고래등같이 큰 기와집은 없어도 제법 반듯하게 지은 큰 집이 오밀조밀 모인 동네였다.

“어! 여기까지 어쩐 일이야? 안 그래도 지금 배오개장터로 가던 길인데.”

지민이 길을 걷다가 가온을 보고 입가에 살며시 웃음을 지었다.

“오라버니 안 오시길래. 경연 신청하려고 찾아왔어요.”

가온은 얘기하면서 방실방실 동그란 웃음을 지었다.

“잘했어. 어서 가자. 저 골목 안쪽 집이야.”

지민이 골목 끝을 가리켰다. 책을 엎어 펼쳐 놓은 듯 지붕이 차분하게 덮인 맞배지붕 집이었다. 둘은 기와를 겹겹이 쌓아 올린 담을 따라 천천히 걸어갔다.

"게에액. 게에액. 게에액. 깩깩깩."

나뭇잎이 다 떨어진 앙상한 나뭇가지에서 암컷 물까치가 노래를 부르며 날아올랐다. 덩치 큰 수컷이 잽싸게 쫓아갔다. 암컷이 옥빛 꼬리를 뽐내며 크게 한 바퀴 돌았다. 수컷이 날갯짓하며 바짝 따라붙었다. 물까치 한 쌍은 공중에서 잠시 놀다가 나무가 많은 낙산 쪽으로 날아갔다.

"여기야, 다 왔어."

여느 집과 달리 문 옆에 나무판자가 걸려 있었다. 알 수 없는 한자 세 자가 적혀있었다. 떡과 과자를 판다는 가게인 병과점(餅菓店)이었다. 가온은 글자를 보며 병과점이라고 짐작했다.

지민이 문을 밀었다. 머리에 두건을 맨 젊은 총각이 안에서 걸어 나왔다.

"도련님, 편안하시죠."

이 주부 집에서 보낸 사람이었다.

"혼자 왔는가? 여긴 어쩐 일로."

"주부 어른 심부름 왔습니다."

젊은 총각은 이 주부가 시킨 일을 소상히 얘기했다.

매년 해가 바뀌기 전에 조선은 청나라에 사신을 보냈다. 여러 대신이 함께 떠나는 먼 길이라 의관이 반드시 따라갔다. 이 주부는 갑작스럽게 동지사 사행단에 뽑혔다. 이번 경연을 직접 볼 수 없어, 약속한 돈을 미리 보냈다.

"알겠네. 잘 다녀오시라고 전해주게."

지민이 차분하게 얘기했다.

"네. 그리 전하겠습니다."

젊은 총각이 머리를 허리까지 숙이며 인사했다.

지민이 가온을 데리고 안으로 들어갔다. 다민이 앞마당을 지나다가 오빠를 보고 고개를 슬쩍 돌렸다. 같이 온 여자애가 가온이라는 것을 직감적으로 느꼈다.

"누구야?"

모른 척하며 태연하게 물었다.

"어, 이번 경연에 참여하겠다고 왔는데, 집 앞에서 만났어. 가온아, 인사해. 내 동생 다민이."

가온이 밝은 얼굴로 인사했다. 다민은 못마땅한 듯 떨떠름한 표정을 지으며 고개만 까딱거렸다. 그리고는 가온을 슬쩍 보았다. 머루같이 까만 눈에 살포시 팬 보조개가 귀여웠고, 차분한 모습이 깜찍했다. 상상했던 얼굴은 아니었다.

8. 깨진 시루

유과

밀가루나 쌀가루를 반죽하여 적당한 모양으로
빚어 바싹 말린 후, 기름에 튀겨 꿀이나 조청을
바르고 튀밥, 깨 따위를 입혀서 만든 우리나라
전통 과자이다.

8. 깨진 시루

"눈싸움하자."

달래가 큰 소리로 부르자, 가온은 기다렸다는 듯 바로 뛰어나갔다. 온 세상이 하얗게 변해 있었다.

"와! 많이 쌓였네."

가온은 치마를 살짝 걷어 올리며 조심스럽게 눈밭을 걸었다. 제법 눈이 쌓여 밟을 때마다 뽀드득뽀드득 소리가 났다. 둘은 아무도 밟지 않은 눈밭을 지나다녔다. 어두운 밤하늘에 밝은 달이 떠올랐다. 가온이 눈을 뭉쳐 힘차게 던졌다. 달래가 도망을 치면서 볏단 뒤에 숨었다. 다시 눈을 뭉쳐 힘껏 던졌다. 가온의 얼굴에 정확히 맞았다.

"아야! 입에 들어갔잖아."

가온이 손으로 눈을 걷어냈다. 작은 눈 조각이 입안으로 쏙 들어갔다. 가온은 쩝쩝거리며 입맛을 다셨다.

"시원한 게 먹을 만한데. 히히. 근데 조금 달았으면 더 맛있겠다."

가온이 입을 쩝쩝거리며 능청을 부리다가, 허리를 숙이며 눈덩이를 잽싸게 뭉쳤다. 팔을 끝까지 벌려 달래에게 던졌다. 둘은 눈을 처음 본 강아지처럼 눈밭을 뛰어다니며 지칠 때까지 놀았다.

"휴! 힘들어. 이제 가자."

둘은 오면서 남긴 희미한 발자국을 다시 밟으며 집으로 향했다.

밝은 달이 환하게 비췄다. 산도 들도 나무도 온통 하얬다. 달래가 먼저 가고, 가온이 마당으로 들어가 쪽마루에 엉덩이를 걸치며 앉았다. 고개를 들어 먼 산을 보다가 천천히 아래로 눈을 돌렸다. 하늘, 산, 나무, 담, 마당까지 차례로 훑다가 달래네 집에서 딱 멈췄다.

"눈 덮인 세상이 참 아름답네. 너무 깨끗해서 좋아. 하얀 세상에 있는 하얀 집까지…….”

가온은 눈 내린 밤 풍경을 보며, 내일 경연에서 만들 음식을 생각했다. 하늘 꼭대기에 있던 달이 서쪽 아래로 떨어졌다. 한참을 생각했지만, 내일 뭐를 만들어야 할지 떠오르지 않았다.

“모르겠다. 잠이나 자자. 재료를 보면, 뭔가 떠오르겠지.”

언제나 그랬듯 뭔가 만들기 위해 생각하기보다는 있는 재료를 가지고 즉흥적으로 음식을 만드는 일이 더 많았다.

가온은 기지개를 켜며 일어나 방으로 들어갔다.

아침 햇살이 눈부시게 쏟아져 내려 날씨가 포근했다. 병과점은 경연 준비로 어수선했다. 병과점 일꾼들은 미리 쳐 놓은 천막에 쌓인 눈을 걷어내고, 마당에 쌓인 눈을 쓸어냈다. 제법 큰 천막이라 두 명씩 들어가도 서로 부딪히지 않을 만큼 넓었다. 천막마다 어른 허리 높이 정도의 상을 두 개씩 놓았다. 남산댁이 칼, 도마, 주걱, 강판 같은 주방 도구를 상 위에 올려두었다. 상 아래에는 작은 화로와 떡을 찔 때 쓰는 시루가 있었다. 경연에 쓸 재료는 마당 맨 앞에 있는 상 위에 가지런히 놓여 있었다.

다민이 주변을 돌아다니며 하나하나 꼼꼼히 살폈다. 마지막 탁자 앞을 지나다가 잠시 멈췄다. 가온이 자리였다. 아래를 다시 한번 살폈다.

모든 준비가 끝나자, 지민이 대문을 열고 밖으로 나갔다. 경연에 참여할 사람들이 대문 밖에 있었다. 장부를 펼치고 이름을 불렀다. 모두 가온과 비슷한 또래의 여자아이였다. 여섯 명이 차례로 들어갔다. 가온이 맨 끝이었다.

백선생이 마당에 서서 인사를 받았다. 그리고는 섬돌을 올라가 기단에 서서 아래를 바라보았다.

"반갑습니다. 병과점 주인 백선생입니다."

차분한 목소리로 인사를 시작했다. 경연의 방법을 얘기했다.

"다시 한번 더 얘기하지만, 1등을 뽑는 기준은 맛있게 먹을 수 있는 아름다운 과자를 만드는 것입니다. 다른 기준은 없습니다."

백선생이 얘기가 끝나고 아래로 내려갔다. 지민이 앞으로 오더니, 재료를 손으로 가리키며 경연 규칙에 대해 알려주었다.

"여러분, 여기 있는 재료를 쓰면 됩니다. 혹시 빠진 것이 있다면 저에게 말해주시면 됩니다. 단, 모든 재료는 이 집

안에 있는 것만 쓸 수 있습니다. 혹시, 집에서 가져온 재료를 몰래 쓰다가 발각되면 실격처리하겠으니, 반드시 규칙을 지켜주시기 바랍니다."

지민이 말이 끝나자, 남산댁이 징을 때렸다. 사시[7]에 시작해서 신시[8]까지 경연 시간이었다. 중간에 징을 쳐서 시간을 알려주고, 마지막 미시[9]에는 징을 세 번 친다고 알려주었다.

아이들이 바가지를 들고 앞으로 뛰어갔다.

"와! 여기 진가루가 있네!"

"여기, 꿀도 있어."

아이들 눈이 휘둥그레졌다. 아무데서나 볼 수 없는 진기한 재료가 많았다. 지민은 멀리서 가온을 보았다. 꼼짝도 하지 않는 게 너무 이상했다. 다민도 부엌으로 가다가 잠시 멈췄다. 가온을 슬쩍 보고, 오빠에게 눈을 돌렸다. 오빠가 가온을 뚫어지게 보는 것이 싫었다.

가온은 몸이 얼어버린 것처럼 꼼짝도 하지 않았다. 먼발

---

7) 巳時(사시: 오전 9시~오전 11시)

8) 申時(신시: 오후 3시~오후 5시)

9) 未時(미시: 오후 1시~오후 3시)

치에서 재료를 살펴봤지만, 모두 처음 보는 것밖에 없었다. 재료를 보면 뭐라도 떠오를 줄 알았는데, 뭐를 만들어야 할지 도통 감이 잡히지 않았다. 아이들은 손발을 놀리며 재료를 다듬고 요리를 시작했다. 화로에 불을 피우고 항아리에 물을 올리는 아이, 연근과 도라지를 다듬는 아이, 화로에 불을 피워 시루를 덥히는 아이까지. 모두 분주하게 손발을 놀렸다.

가온 옆에 있는 아이도 쌀을 갖다 놓고 앞만 보면서 발을 동동 굴렀다. 한참을 고민하다가 손을 들었다. 지민이 곧장 달려갔다.

"찹쌀 유과를 만들려고 하는데요. 반죽을 만들어 이삼일 따뜻한 방안에 놔둬야 제대로 된 유과 바탕을 만들 수 있잖아요. 지금 바로 반죽해서 만들면, 잘 부풀지 않아 바싹한 유과를 만들 수 없어요."

"그렇지."

지민이 고개를 끄덕이며 잠시 고민하듯 입술을 깨물었다.

"그런 문제가 있었군. 잠깐만 기다려봐."

지민이 말을 끝내고 사랑채로 뛰어갔다. 그리고는 방금 들은 얘기를 아버지에게 그대로 전했다.

"광에 있는 바탕을 가져다주어라."

백선생은 미리 짐작이나 한 듯, 지민의 말에 바로 대답했다.

"네? 그건 자기가 직접 만든 게 아니잖습니까?"

"그래서 내가 이 집에 있는 재료는 뭐든 쓸 수 있다고 미리 말하지 않았느냐? 유과 바탕이 중요한 건 사실이다. 하지만 바탕이 찹쌀 유과의 맛을 좌우하는 것은 아니다. 광에 들어가면 맨 앞에 종이 상자가 있을 거다. 그것을 꺼내 주거라."

"네."

지민이 사랑채에서 얼른 나왔다. 그리고는 광에 가서 소쿠리에 바탕을 담아왔다. 지민은 그제야 아버지의 의도를 알아챘다. 만든 지 오래된 유과 바탕은 많이 말라 물기가 거의 없었다. 이런 재료로 어떻게 바싹하게 만들 수 있는지 살펴보겠다는 의도였다.

"자, 이것을 쓰거라."

지민이 소쿠리를 앞에 내려놓았다.

"이거 반칙 아닌가요?"

"맞아요."

앞에 있는 아이가 툴툴거리는 말투로 얘기하자, 옆에 있던 아이가 맞장구쳤다.

"유과 바탕도 재료입니다. 이 집 안에 있는 재료는 모두 쓸 수 있다고 미리 말했습니다."

지민이 한마디 한마디 또박또박 얘기했다. 모두 입을 다 물고, 다시 손을 놀렸다. 지민이 뒤로 가면서 가온을 살짝 쳐다봤다. 가온은 손톱을 물어뜯으며 골똘히 생각했다.

'여태껏 생각만 하고 있으면 어떡해?'

지민은 옆에 가서 묻고 싶었지만, 괜히 아는 척을 했다가 또 다른 아이에게 또 말을 듣게 될까 봐 일부러 입을 닫았다.

"둥."

"오시¹⁰⁾오!"

남산댁이 징을 치면서 시간을 얘기했다. 가온은 징 소리를 듣고 정신을 번쩍 차렸다.

"내가 지금 뭔 생각을 하는 거야?"

가온이 혼잣말하며 주변을 둘러보았다. 옆에 아이들은 정신없이 뭔가 만들었다.

"큰일이네. 뭘 만들지?"

정신 차린다고 해결될 일이 아니었다. 뭘 만들겠다는

---

10) 午時(오시: 오전 11시~오후 1시)

생각 없이 어떤 재료를 가져와도 소용없었다. 가온은 지그시 눈을 감고, 정신을 집중했다. 다민이 앞마당을 어슬렁거리며 돌아다니다가 가온을 슬쩍 보았다.

'내가 괜한 짓을 한 건가?'

미안한 마음이 들었다. 가온은 한참 동안 눈을 뜨지 않고 가만히 서 있었다.

"다민아, 시킨 건 다 했어?"

"응. 방금 시루에 떡을 올렸어."

경연이 끝나면 아이들에게 나눠 줄 백설기였다.

해가 하늘 꼭대기에 올라갔다. 가온이 고개를 들어 주변을 살폈다. 먼 산에서부터 이어진 풍경이 눈부시게 아름다웠다. 어젯밤과 다르게 눈부시게 밝은 하늘, 은빛으로 반짝거리는 겨울 산, 눈 덮인 하얀 지붕을 차례대로 보았다. 밤낮만 바꿨는데, 어젯밤에 보았던 풍경과 사뭇 다른 느낌이었다. 이 느낌을 음식에 고스란히 담고 싶은 충동이 일었다. 눈을 다시 감고 생각을 정리했다.

'봄, 여름이 지나가고 다시 겨울이 오지만……. 봄은 또 찾아오지. 이것은 붉은색과 하얀색이 서로 밀고 당기며 만들어 낸 조화야. 태양과 하늘, 이것은 붉은색과 하얀색으로

표현할 수 있어.'

가온은 고개를 끄덕이며 다시 생각을 떠올렸다.

'붉은색이 팥죽이고, 하얀색이 어제 내린 눈이라면⋯⋯.'

어젯밤 내린 눈이 생생했다. 감을 따던 달래 얼굴이 눈앞에서 아른거렸다. 그러다 모두 한꺼번에 사라졌다.

가온이 눈을 번쩍 뜨며 방긋 웃었다. 그리고는 바가지를 들고 앞으로 나갔다. 팥과 조청을 가져왔다. 화로에 불을 피우고 작은 무쇠솥에 팥을 삶았다.

'팥죽을 만든다고?'

지민의 표정이 밝았지만, 마음이 불안했다. 팥이 끓자 조청을 부었다. 보나 마나 단팥죽이었다. 솥을 아래에 내려놓고, 다음에는 시루를 올렸다.

지민은 앞을 어슬렁거리며 가온을 슬쩍 보았다. 시루 속에 찹쌀가루 넣은 그릇을 넣고 뚜껑을 닫았다.

'찹쌀로 떡을 만든다고?'

지민은 갸웃거리며 가온을 보았다. 만드는 과정을 보면 분명 단팥죽이었다. 하지만 단팥죽을 만들려고 저렇게 오랜 시간 고민한 까닭을 알 수 없었다.

다민이 오빠 옆으로 슬쩍 다가왔다.

"뭔가 만드네? 뭐를 만드는 거야?"

다민이 속삭이며 팔 끝으로 오빠를 툭 건드렸다.

"팥으로 뭘 만들던데……, 아직은 잘 모르겠어."

지민이 말하며 고개를 흔들었다. 다민이 씁쓸한 표정을 지으며 고개를 돌렸다.

'어, 저 항아리는……, 휴!'

다민이 항아리를 보자, 저절로 한숨이 나오고 가슴이 뛰었다. 갑자기 미안한 생각이 들었다. 자신의 행동이 부끄러웠다. 하지만 어쩔 수 없었다. 어차피 엎질러진 물이었다.

"둥둥둥."

다민이 힘없이 징을 때렸다. 마지막을 알리는 종소리였다. 저런 실력이라면, 걱정할 필요도 없었는데, 괜한 심술을 부렸다고 생각했다.

"이제 마무리하세요."

다민이 돌아다니며 큰 소리로 외쳤다.

"앗 뜨거워."

가온이 항아리를 들다가 손끝이 살짝 데였다. 지민이 뛰어갔다.

"데였어?"

"그게 아니라. 항아리에서 물이 떨어져, 불이 자꾸 죽어
요."

지민이 고개를 숙여 화로 안을 살폈다. 물방울이 조금씩
떨어져 하얀 연기가 피어올랐다.

"이거 큰일인데?"

시간이 별로 없었다. 다민이 조금 미안한지, 오빠 옆으로
뛰어왔다.

"무슨 일이야?"

다민은 모른 척하며 물었다. 지민이 고개를 돌려 다민을
쳐다보았다. 눈빛이 날카로웠다.

"이 항아리는 못 보던 건데? 어디서 가져왔지?"

여기 있는 도구는 모두 다민이 준비했다. 다민은 오빠를
노려보며 입을 꾹 다물었다. 남 앞에서 날카로운 눈빛으로
자신을 노려보는 오빠가 미웠다. 하지만 동생이랑 실랑이를
벌일 시간이 없었다. 지민은 고개를 돌려 가온을 보았다.

"너 이걸로 뭘 만들 생각이었어?"

지민이 말이 급했다.

"찹쌀로 떡살을 만들려고 했어요."

목소리에 힘이 없었다. 이제 거의 끝나갈 시간이라는 것

을 모르지 않았다.

"떡살이라?"

지민이 혼잣말하다가 다민에게 고개를 돌렸다.

"시루에 올린 백설기가 다 됐겠지?"

"응. 다됐을 거야."

"혹시 방금 찐 백설기가 있는데, 그걸로 가능해?"

가온이 잠시 생각을 하더니 고개를 끄덕였다.

"네. 괜찮아요."

9. 흰 눈

눈떡단팥 (우리나라 최초의 팥빙수)

하얀 눈을 깔고 팥앙금을 올려 다시 눈으로 덮어 모양
을 냈다. 눈 덮인 산과 들을 만들고, 백설기 떡으로 집
모양, 나무 모양을 만들고, 땅콩과 호두 가루를 뿌려
만든 마치 수묵화를 연상하게 만드는 음식이다.

9. 흰 눈

지민은 앞뒤를 살피며 참가자들이 만든 과자를 살펴보았다. 꿀약과, 정과, 유과, 숙실과, 과편을 보며 천천히 움직였다.

꿀약과는 진가루를 반죽해 네모로 만들어 기름에 튀겼다. 꿀과 조청에 절이고, 마지막에 잣과 대추를 올려 꽃과 나비 무늬를 새겨놓았다. 연근과 도라지로 만든 정과도 예뻤다. 황토색 도라지 정과는 속이 훤하게 비칠 정도로 투명했고, 연근 정과는 알록달록 여러 빛깔이 화려하게 빛났다. 분홍색, 노란색, 보라색 물을 들인 찹쌀 유과는 먹기 아까울 만큼 예뻤다. 밤과 대추로 만든 숙실과도 있었다. 오랫동안 조청과 꿀에 졸여 단맛이 배어들어 차를 먹을 때 곁들이면 좋았다. 여러 과일로 만든 과편도 보기 좋았다. 만지면 말랑말랑하고, 씹으면 쫄깃쫄깃하고, 새콤달콤한 맛이 났다. 정과는 녹두 녹말을 섞어 걸쭉하게 끓인 다음 과일즙을 넣고 차갑게 굳힌 과자였다. 오미자로 만든 과편은 붉은색, 말린 살구로 만든 과편은 굴색이었다.

마지막은 가온이었다. 아직 뭘 만드는지 알 수 없었다. 백설기를 절구에 넣고 찧어 떡살을 만드는 것 같았다. 접시 위에는 아직 아무것도 없었다. 가온은 정신없이 손발을 놀렸다. 지민은 고개를 숙이고 한숨을 쉬다가 탁자 아래 있는 항아리를 보았다. 화가 치밀었다.

지민은 뒷마당으로 다민을 불러냈다.

"어떻게 된 거야?"

화가 난 듯 다민을 노려보았다.

"뭘?"

다민의 목소리도 곱지 않았다. 오빠가 꼭 집어 말한 것은 아니지만, 깨진 항아리에 관해 얘기한다는 것을 모르지 않았다. 며칠 전, 다민이 행랑채로 불쑥 찾아와 화로 같은 잡

다한 도구는 자기가 이미 챙겨뒀다고 말했기 때문이었다.

다민이 눈물을 뚝뚝 흘리며 울음을 터뜨렸다.

"오, 오빠는 하나밖에 없는 동생을 너, 너무 미워하는 것 같아. 엄마, 보고 싶어. 엄마가 있었으면, 오빠가 이렇게 나를 미워하지 않을 텐데."

다민이 울먹이며 말을 이어나갔다.

아버지가 병과점을 차리고 어머니가 돌아가셨다. 고생 끝에 살림이 조금 나아질 무렵이었다. 다민은 어렸지만, 밥이며, 빨래 같은 궂은일을 거들며 어린 시절을 보냈다.

슬픔이 밀려왔다. 지민도 더 말할 기분이 아니었다.

"알았어. 미안, 미안. 이제 끝날 시간 다 돼가는데, 먼저 갈게. 조금 있다가 나와."

지민이 조용히 말하며 앞마당까지 힘없이 걸어갔다.

남산댁이 앞에서 징 채를 들고 어슬렁거렸다. 지민은 가온을 슬쩍 보았다. 아직도 분주하게 손을 놀렸다.

작은 종지에 담긴 질퍽한 팥 앙금, 볶은 땅콩과 부숴놓은 호두, 작게 자른 살구 조각이 도마에 널브러져 있었다. 가온은 백설기로 찧은 떡살을 손에 쥐고 주물럭거리며 모양을 만들었다. 네모 상자처럼 생긴 것, 초가지붕처럼 생긴 둥근 반원기둥, 나무 모양도 있었다. 작은 것은 손톱만큼 작았고, 큰 것도 집게손가락 정도였다. 가온은 살구 조각을 동그랗게 뭉쳐 나뭇가지 끝에 몇 개 달았다. 음식에 꾸밀 장식이었다.

지민은 남산댁 옆으로 다가가 작은 소리로 얘기했다.

"아버님, 모셔올 테니까. 그때 징을 치세요."

지민은 말을 하면서도 마음이 무거웠다. 가온이 늦은 게 어느 정도는 다민이 책임이라는 생각을 지울 수 없었다.

"네. 알겠습니다."

남산댁이 대답하자, 지민은 주위를 천천히 둘러보았다. 가온이 빼고는 모두 끝난 듯 오구작작 떠들어댔다.

그때였다. 가온은 빈 바가지를 들고 응달진 장독대로 잽싸게 달려갔다. 모두 가온을 보았다.

"뭐야? 포기할 거면 더 일찍 하지. 이제 담을 넘어 도망치는 거야? 대문은 저쪽이라고. 호호호!"

"저 접시 좀 봐. 아직 아무것도 없어. 도마 위에 있는 건 또 뭐야. 하하하!"

모두 가온을 보며 안됐다는 표정을 지었다.

가온이 손을 뻗어 장독 위에 쌓인 눈을 모조리 쓸어 담았다. 바가지 속에 하얀 눈이 가득했다. 다시 돌아와 오목한 접시에 눈을 평평하게 깔았다. 팥앙금을 얇게 펴서 눈 위에 올렸다. 눈을 한 번 더 깔아 산과 들을 만들었다. 산 아래 떡으로 만든 초가집을 두 채 짓고, 집 앞에 까치밥이 달린 감나무를 몇 그루를 심었다. 마지막에 부숴놓은 땅콩과 호두를 듬성듬성 뿌렸다. 모든 것이 눈 깜짝할 사이에 이뤄졌다.

"저거 뭐야?"

"저런 음식도 있어?"

모두 깜짝 놀라며 한마디씩 던졌다.

가온은 접시 테두리를 깔끔히 닦아 탁자 한가운데 올렸다. 지민은 눈을 뗄 수 없었다. 한 폭의 풍경화였다. 마치 눈이 내린 어젯밤 풍경을 접시 위에 올려 둔 것 같았다.

지민은 가온이 만든 것을 잠시 보다가 사랑채로 들어갔다.

"아버지, 나오시면 돼요. 모두 다 만들었습니다."

지민이 목소리가 경쾌했다.

"알겠다. 바로 가마."

백선생이 밝은 표정을 지으며 앞마당으로 향했다. 청나라로 사행을 떠나면서 이 주부가 보낸 편지가 떠올랐다.

우리가 예쁘고 맛있는 것을 먹을 때, 눈, 코, 입이 즐겁지 않은가? 이런 음식도 계속해서 며칠 먹다 보면 질리기 마련이네. 그래서 우리는 항상 새로운 것을 찾게 되지.

술이부작(述而不作)이라는 말을 기억하는가? 그냥 쓴 것이지 새로 만든 것은 없다는 말, 결국 하늘 아래 새로운 것이 없다는 뜻이 아니겠나? 나는 낯섦이 새로움이라 생각하네. 우리의 낯섦과 호기심이 만날 때, 기쁨이 더 커진다 생각하네. 자네의 안목을 믿겠네.

- 이종국-

모두 준비가 끝난 듯 즐거운 표정을 지으며 끼리끼리 모여 수군거렸다. 백선생이 나타나자, 모두 입을 다물며 제자리로 달려갔다.

"모두 고생 많았다. 한 명씩 둘러보면서 맛을 보고 평가를 하겠다."

백선생이 말을 끝내고, 오른쪽으로 걸어갔다. 지민과 다민이 곧바로 뒤를 따랐다.

"꿀약과를 만들었구나."

백선생이 하나를 집어 먹어보았다.

"음! 맛이 제법이구나? 꽃과 나비 모양을 왜 넣었느냐?"

"저, 저, 그, 그냥 예쁘게 만들려고 넣었습니다."

아이는 조금 당황한 듯 말을 더듬었다. 백선생이 고개를 돌렸다. 옆에 아이는 정과를 만들었다. 맛도 보지 않고 그냥 지나갔다. 아이 얼굴이 울상으로 변했다. 찹쌀 유과를 보더니, 걸음을 잠시 멈췄다. 백선생이 분홍색 유과를 집어 입에 살짝 넣었다.

"다민아, 너도 맛을 보아라."

다민이 노란색 유과를 집어 천천히 먹었다.

"맛이 어떠냐?"

"과자에 물기가 말라 씹을 때 너무 퍼석거리며 쉽게 부서집니다."

다민이 차분하게 얘기했다. 백선생이 옆으로 움직이려고 할 때, 유과를 만든 아이가 입을 열었다.

"맞습니다. 여기서 주는 바탕을 사용했기 때문에 어쩔 수 없습니다."

조금 화가 난 듯 앵돌아진 소리로 말했다.

"다민아, 이럴 때는 어떻게 해야 하느냐?"

"소주를 살짝 뿌려 유과 바탕에 물기가 촉촉이 스며들게 한 뒤, 튀기면 됩니다."

"알겠느냐?"

백선생이 옆으로 걸어가며 조용히 얘기했다. 다음은 인형 모양의 숙실과였다.

"왜 인형 모양으로 만들었느냐?"

"숙실과는 주로 어른이 먹습니다. 아이들이 먹을 수 있도록 귀엽게 만들어 봤습니다. 아이들이 인형을 좋아하잖아요."

맑은 목소리로 또박또박 얘기했다.

"아무리 인형이라지만, 사람 머리가 입으로 들어가면, 기분이 어떻겠느냐?"

백선생이 천천히 말을 내뱉고는 그냥 지나갔다. 다음은 과편이었다. 백선생이 접시를 들어 자세히 보았다.

"과편에 글 넣는 게 쉽지 않았을 텐데. 애 많이 썼구나."

말린 대추를 얇게 썰어 복을 상징하는 복(福)자, 장수를 기원하는 수(壽)자 써넣었다.

말을 끝내며, 오미자로 만든 붉은 과편을 집어 들었다. 입에 넣을 때 촉감이 부드러웠다. 씹을 때 느낌도 상당히 좋았다. 너무 무르지도 않고, 딱딱하지도 않았다. 옆에 놓인 살구 과편도 맛을 보았다. 말린 살구가 적당히 물러 오미자 과편보다 훨씬 더 맛있게 씹혔다.

"잘 만들었구나."

백선생이 흐뭇한 미소를 지으며 칭찬했지만, 평범하게 잘 만든 과편에 불과했다.

이제 가온이 차례였다. 백선생은 깜짝 놀라며 걸음을 멈췄다. 뒤따라온 다민도 덩달아 놀랐다.

"도대체 이게 뭐냐?"

"겨울에 먹는 시원한 눈떡단팥입니다."

백선생이 호기심 어린 눈으로 다시 살폈다. 그리고는 다시 입을 열었다.

"뭔가 표현한 것 같은데, 네가 생각한 게 무엇이냐?"

가온이 잠깐 머뭇거리다가 이내 입을 열었다.

"어젯밤 우리 집 근처의 모습입니다. 눈 덮인 풍경이 너무 아름다워 그릇에 담아 표현해봤습니다."

“눈과 떡은 보이는데,……, 그렇다면 단팥은 눈 아래 있 겠구나. 눈과 단팥을 사용한 특별한 이유가 있느냐?”

“하늘과 땅, 뜨거움과 차가움. 이것은 서로 반대일 것 같 아도 서로 잘 어울리며 함께 있습니다. 서로 다른 사람끼리 잘 어울리며 함께 사는 이 세상도 똑같다고 생각합니다. 그 래서 하늘에서 내린 눈과 땅에서 자란 팥으로 사람이 먹을 음식을 표현해 보았습니다.”

“음식 하나에 세상의 이치를 담았구나. 얼른 맛을 봐야겠 구나. 어떻게 먹어야 하느냐?”

가온이 수저로 눈떡단팥 그릇을 빠르게 섞었다. 눈과 단 팥이 섞여 먹음직스럽게 보였다. 백선생이 한 수저를 떠서 입에 넣었다. 입속에서 사르르 녹으며 단맛이 퍼져 나갔다.

“멥쌀이 아니라 찹쌀로 떡을 만들었다면, 더 쫄깃하고 맛 있었겠구나. 다민아 너도 한번 먹어보아라.”

아버지 말에 다민의 얼굴이 벌게졌다. 깨진 항아리 속에 찹쌀이 들어 있었다. 찹쌀을 썼다면, 아버지에게 최고의 칭 찬을 들었을 것이다. 조금 미안하고 화가 났다.

다민이 한 숟가락 떠서 입에 넣었다. 지금까지 먹어본 어 떤 음식보다 더 훌륭했다. 맛있다는 말이 목구멍까지 올라왔지만, 차마 입이 열리지 않았다. 지민이도 한술 떠서 먹었다. 최고의 맛이었다.

경연이 끝나고 백선생이 가온을 불렀다. 지민도 사랑채에 같이 들어가 옆에 앉았다.

"옜다. 상금이다. 예전에 네 얘기를 잠깐 들은 적 있는데, 역시 너였구나."

백선생이 주머니를 책상 위에 올려놓자, 지민이 받아 가온 앞에 놓았다.

"언제부터 이곳에 올 수 있느냐?"

"네?"

가온이 눈이 동그래졌다. 처음 듣는 얘기였다.

"이곳에 오다니요?"

가온은 조금 이상한 듯 고개를 갸웃거렸다. 백선생이 당황한 듯 지민을 쳐다보았다.

"그게 아니라, 이 아이가 경연에 참여할지 안 할지 망설이는 바람에 미처 그것까지 얘기하지 못했습니다. 아버님, 죄송합니다."

지민은 모두 자기 책임으로 돌렸다. "했다, 안 했다."라는 말로 괜한 실랑이를 벌일 필요가 없다고 생각했다.

"방을 보고 온 게 아니냐?"

백선생이 가온을 보며 다시 물었다.

"저는 글을 모릅니다. 과자 만드는 시합이라고 해서 그냥 나와 봤습니다. 글을 몰라서 그런 게 있었는지 알지 못한 것도 제 책임입니다. 상금을 받지 않겠습니다."

가온은 말을 끝내고 상금을 앞으로 내밀었다.

백선생은 잠시 경연의 목적에 대해 생각했다. 병과점에서 일할 아이를 뽑는 게 아니라 재주 있는 아이를 찾겠다는 의도였다. 실력으로 볼 때 상금을 줘도 전혀 아깝다는 생각이 들지 않았다. 이런 아이를 찾았다는 것만 해도 큰 기쁨이었다.

"됐다. 1등을 했으니, 당연히 상금을 줘야지. 혹시라도 이곳에서 일할 마음이 생기거든, 언제든지 찾아와도 좋다. 네 재주가 부럽구나! 허허허!"

백선생은 가온을 보며 호탕하게 웃었다.

10. 대보름 답교 놀이

엿강정

잣이나 호두, 땅콩 등이나 곡식을 엿물에 버무려 만든
우리나라 전통 과자이다.

10. 대보름 답교 놀이[11]

경연이 끝나고 지민이 장터를 몇 번 찾아왔다. 어떤 날은 병과점에서 일하면 수라간 궁녀가 될 수 있다는 얘기를 꺼냈다. 가온은 궁녀에 대해 관심을 보였지만, 자세히 듣고 보니 별로 좋은 게 아니라며 고개를 저었다. 궁궐에 살면 조심해야 할 것과 하지 말아야 하는 게 너무 많아 싫었다.

다른 날은 궁궐에 관해 얘기했다. 임금이 사는 궁궐이 궁금한 듯 귀를 쫑긋거렸지만, 결국 궁녀가 되라는 말과 다름없었다. 가온은 딱 잘라 거절했다.

---

11) 정월 대보름날 밤에 다리를 밟는 전통적인 민속놀이

설이 지나가고, 대보름 전날이었다. 날씨가 부쩍 추워진 탓에 둘은 두툼하게 옷을 껴입고 장터에 나왔다.

"왜 이렇게 시간이 안 가지?"

둘은 장사를 하면서도 몇 번이고 같은 말을 내뱉었다.

"그러게 말이야?"

둘은 해가 지기만을 애타게 기다렸다. 밤새워서 놀 생각을 하자 마음이 두근거렸다.

대보름날 전날부터 사흘간 밤새도록 사대문(四大門) 모두를 열어놓았다. 평소와 달리 새벽까지 돌아다녀도 잡아가지 않는 방야(放夜)였다. 일 년에 딱 한 번 있는 특별한 날이었다. 밝은 달이 뜨면 광통교를 비롯한 청계천의 열두 다리를 밟으며 사람들은 나쁜 귀신이 물러가라고 빌었다.

해가 떨어지기 무섭게 사람들이 거리로 몰려나왔다. 어머니가 짐을 챙겨 집으로 가자, 둘은 이곳저곳 둘러보며 종루 쪽으로 걸어갔다.

"엿 하나 사 먹을래?"

"좋아."

달래가 킥킥거리며 웃었다. 특별하게 웃을 일이 없지만, 밤에 나온 것만으로도 매우 즐거웠다. 둘은 쌀엿을 하나씩 먹으며 운종가(雲從街) 앞을 거닐었다. 많은 사람이 구름같이 모였다 흩어지는 거리라는 의미처럼 운종가는 대낮보다 더 밝고 북적거렸다.

"둥둥둥."

초경을 알리는 묵직한 종소리가 울려 퍼졌다.

"와, 종소리만 들었지, 종루에서 종 치는 건 처음 본다. 그렇지?"

달래가 종루를 가리키며 얘기했다. 종루가 있는 곳이 운종가 중심이었다. 비단 가게, 명주가게, 무명가게, 종이 가게, 모시와 베를 파는 가게가 옹기종기 모여 있었다.

"저쪽으로 가보자."

가온이 달래 손을 잡고 서대문 쪽으로 걸어갔다. 반듯한 건물이 나란히 붙어 있었다. 쌀 가게, 그릇 가게, 꿩과 닭을 파는 치계전(雉鷄廛)이 있었다. 둘은 천천히 걸으며 경복궁과 경운궁이 갈리는 길목까지 갔다가 다시 뒤로 돌았다. 궁궐 근처는 왠지 가까이 가기 싫었다.

오른쪽 넓은 길로 가면 6조 거리가 나왔고, 곧은 길로 가면 임금이 계시는 경복궁이었다.

"다리 밟으러 갈래?"

가온이 미소 지으며 청계천을 가리켰다. 달래가 실없이 웃으며 고개를 끄덕였다. 둘은 손을 꼭 잡고 청계천 아래까지 뛰어갔다.

"와! 사람 정말 많다."

청계천 첫 다리인 모전교 위에는 사람들로 넘쳐났다. 청계천 물길은 인왕산, 박안산에서 시작해 한양 중심가를 지나 왕십리 밖 살곶이 다리 근처에서 중랑천과 합쳐지며 한강으로 흘렀다.

둘은 모전교로 달려갔다. 다리 위에는 발 디딜 틈조차 없이 사람들로 빼곡했다.

"피우 욱 펑펑!"

하늘에 폭죽이 터졌다. 여기저기에서 탄성이 쏟아졌다. 둘은 불꽃이 쏟아지는 하늘을 바라보았다. 경복궁 후원에서 쏘아 올린 불꽃이었다.

"저기가 나라님이 계신 곳이구나."

불꽃이 높이 솟구쳐 올라가 알록달록한 빛으로 흩어지며 하늘을 수놓았다. 다리마다 등롱이 촘촘히 걸려 있어 대낮처럼 밝았다. 다리마다 사람이 많았다. 다리를 꼭꼭 밟아주는 답교놀이였다. 자기 나이만큼 다리를 오가면 되지만, 다리밟기에 재미를 붙인 사람은 이 다리 저 다리 옮겨 다니며 몇 번씩 다리를 밟았다.

"너무 고소해서 혼자 먹기 아까운 엿 팔아요. 혼자 숨겨 놓고 먹는 콩엿도 있습니다."

젊은 총각이 엿판을 목에 걸치며 소리를 외쳤다.

"먹을래?"

달래가 손을 가리켰다.

"배고파. 우리 다리 밟기하고 떡 사 먹으러 가자."

가온이 고개를 흔들며 다리 쪽을 가리켰다.

"여긴, 사람이 너무 많아서 싫어. 다른 다리로 가자."

달래가 고개를 돌리며 어디로 갈지 망설였다.

"어디가 좋을까? 나는 장통교에서 답교놀이 하고 싶은데."

말 끝나기 무섭게 둘은 손을 꼭 잡고 모전교, 광통교, 광교를 지나 장통교로 뛰어갔다. 다리마다 발 디딜 틈 없이 사람들로 북적였다. 대낮보다 사람이 더 많았다.

"이제 한 살 더 먹었으니, 열다섯 번 왔다 갔다 하는 거다."

둘은 사람들을 피해가며 장통교 위를 나이만큼 걸어 다녔다.

"휴! 힘들어. 여기서 좀 쉬었다 가자."

장통교 위에도 꽤 많은 사람이 오고 갔다. 대보름 하루 전날이지만, 둥근 달이 제법 환했다.

"어! 저기, 저기 봐."

달래가 속삭이듯 말하며 가온이 옆구리를 툭 건드렸다. 지민이가 천천히 장통교를 건너왔다.

"오라버니."

달래가 먼저 지민이에게 다가갔다.

"너희들 답교놀이 나왔구나."

"네. 우리 떡 사 먹으러 갈 건데, 같이 가요."

"밥도 안 먹고 여태 돌아다닌 거야? 성균관 근처에 가면 요깃거리 할만한 곳이 있어. 갈래?"

"좋아요."

가온이 목소리가 경쾌했다.

셋이 나란히 걸었다. 배오개장터를 지나 병과점 쪽으로 방향을 돌렸다.

"야! 저기가 병과점이야. 알지? 내가 경연에서 1등 한 거."

가온이 오른쪽을 가리키며 달래에게 자랑했다.

"저기가 병과점이야? 와! 정말 크다. 오빠, 저기 살아요?

좋겠다!"

달래가 부러운 눈으로 병과점을 보면서 넋을 놓았다.

한참을 걸어갔다. 한적한 길 끝에 제법 큰 건물이 있었다. 조선 최고의 인재가 모여 공부하는 학교였다. 성균관 앞에는 오밀조밀한 가게가 여럿 모여 있었다.

"여기 떡국 맛있는데, 먹을래?"

"정말요? 떡국을 판다고요? 떡국 먹으면 나이 한 살 더 먹는데. 우리 떡국 먹고 나이 한 살 더 먹을래요."

가온이 웃으며 고개를 끄덕거렸다.

"저도 좋아요. 그럼 우리 열여섯 살 되는 거야? 하하!"

떡국을 기다리는 동안 지민은 백선생이 가온이 칭찬한 얘기를 꺼냈다. 어떻게 그런 것을 생각했는지, 눈을 가져다가 음식 재료를 쓴 것에 놀랐다고 얘기했다.

"정말요?"

"뭐, 이런 얘기 하면 좀 그렇지만 음식 하나가 사람을 살릴 수도, 죽일 수도 있지. 사실 우리 아버지도 한과 때문에 천민에서 벗어났거든."

"정말요?"

달래 눈이 동그래졌다. 달래 부모가 밤낮으로 일하는 이유도 천민에서 벗어나기 위해서였다. 아버지가 몇 년간 죽어라 일해서 모은 돈으로 천민 신분에서 벗어났다. 이제 몇 년 돈을 더 모으면 엄마와 달래도 면천[12]할 수 있었다. 게다가 요즘처럼 장사가 잘 된다면 일 년도 안 걸린다며 좋아했다.

"내가 왜 이런 얘기를 하겠니? 한양 바닥에 과자 잘 만드는 사람, 요리 잘하는 사람이 얼마나 많겠어. 하지만 모든 사람은 딱 한 가지만 기억하지."

"그게 뭔데요?"

"어떤 것이든 맨 처음 한 사람만 기억하거든."

"정말요?"

"요즘 수라간 궁녀는 누구나 무지개 유과를 만들어. 하지만 무지개 유과를 만든 사람이 누구냐 물어보면, 모두 바로 백자, 선자, 생자를 쓰는 우리 아버지 이름을 말해. 백 선부, 백 선부하면서 말이야."

"백 선부요? 백선부는 누구신데요?"

"아, 아버지가 궁궐에 계실 때, 사옹원 종7품 벼슬인 선부였거든. 그래서 수라간 사람들이 아직도 아버지를 백선부라 불러."

---

12) 천민 신분을 면하고 평민이 됨

"아, 그렇구나."

가온이 얘기를 들으며 고개를 끄덕였다.

"음, 너도 똑같아. 군고구마 과자나 두부 과자 만든 사람 하면 누구라고 말할까?"

"당연히 가온이죠."

달래가 목청을 높이며 얘기했다.

"아마 그럴 거야. 지금 네 이름을 아는 사람이 별로 없겠지만, 아직도 '군고구마 과자' 찾는 사람은 있잖아."

"맞아요."

달래가 손뼉을 치며 고개를 끄덕였다.

"아버지는 새로운 도전을 두려워하지 않았어. 자기 일을 즐기다 보니, 신분까지 바꿀 수 있었던 거지. 아마 네 실력이면 우리 아버지보다 더 큰 일도 할 수 있을 거야. 그래서 아버지가 네 이름을 자꾸 얘기하는 것 같아."

"정말요? 가온이 실력이 그렇게 대단해요!"

달래가 부러운 눈빛으로 가온을 바라보았다.

둥근달이 하늘 꼭대기로 올라갔다. 둘은 지민이와 헤어지고 혜화문 쪽으로 올라갔다. 오랜만에 지나가 보는 혜화문이었다.

"야, 이제 소원 빌어."

달래가 둥근 달을 가리켰다.

"왜, 정월 대보름은 내일이잖아?"

"달이 꼭대기에 있으니, 날이 바뀠잖아. 지금부터 대보름 날이라고. 안 그래?"

"맞네. 히히."

달래가 두 손을 모으고 둥근달을 향해 뭔가 중얼거렸다. 그리고는 가온을 바라봤다.

"넌 소원 안 빌어?"

"글쎄. 나는 소원이 없어. 넌 뭐라고 빌었는데."

"음, 나는 우리 아버지가 돈 많이 벌어서 엄마랑 나랑 빨리 면천 시켜달라고 빌었어."

"그게 다야?"

"또 있지."

"뭔데?"

가온이 눈을 굴리며 달래를 바라봤다.

"부자가 되게 해달라고 빌었지. 논도 사고, 밭도 사고, 소도 사고 말이야."

달래는 야스락야스락 구성지게 말하면서 달을 바라보았다. 달래 얼굴에 볼우물이 생겼다.

"넌 진짜 소원 없어?"

"진짜 없어. 나는 내가 좋아하는 거, 하고 싶은 거 하면서 살면 돼. 그게 전부야."

가온이 목소리가 조금 우울했다. 요즘 두부 과자 만드는 일이 조금 따분했다. 같은 일을 계속하는 게 지루했다. 하지만 부모님이 기뻐하는 모습을 보며 두부 과자 파는 일을 그만둘 수 없었다. 이제 새로운 음식을 만들고 싶었다. 지난번 병과점에 갔을 때, 수많은 재료를 보며 깜짝 놀랐다. 세상에는 참 많은 재료가 있다는 것과 모르는 게 너무 많다는 게 부끄러웠다. 병과점에 가면 많은 경험을 할 수 있다는 생각이 얼핏 들었다.

"무슨 생각을 그렇게 골똘히 해?"

"아니야. 그냥."

가온이 한참을 생각하다가 다시 입을 열었다.

"달래야, 우리가 하는 일 말이야. 이제 너 혼자도 충분히 할 수 있지?"

"할 수 있지만, 왜?"

달래가 조금 이상했는지 말을 하면서 가온을 바라봤다.

"이제 새로운 것을 만들고 싶어. 두부 과자 만드는 게 재미가 없어졌어."

"그게 무슨 말이야."

가온은 병과점 경연에 갔을 때, 본 것을 하나하나 얘기했다.

"그럼, 가면 되잖아. 품삯도 준다고 했고, 지민이 오빠도 계속 오라고 하는데……. 뭔 걱정이야?"

"거기 가면 수라간 가야 한다고 해서."

가온이 입술을 살짝 깨물며 나직이 중얼거렸다.

"그거야 안 간다고 말하면 되잖아. 가서 미리 물어봐. 수라간 안 가도 되냐고? 된다고 하면 그때 결정하면 되지. 뭘, 그런 걸 가지고 고민해."

"맞네. 내가 왜 그 생각을 못 했지."

고개를 갸우뚱거리며 눈을 맞췄다.

"만드는 건 뭐든 잘하면서, 이렇게 간단한 걸 고민했어? 다른 애들은 수라간 못 가서 걱정인데, 너는 참 특이해. 그렇게 좋은 곳을 마다하니."

"알잖아. 궁녀가 되면 시집도 못 가지, 마음대로 돌아다니지도 못하지, 좋은 게 하나도 없어."

가온은 머리를 살래살래 흔들며 익살스레 말했다.

"뭐, 그런 건 안 좋네. 히히!"

11. 가수저라(加須底羅)

가수저라

이 주부가 청나라 사신으로 갔을 때, 연경에서 먹어본 서양 음식이다.

11. 가수저라(加須底羅)

병과점으로 길을 나섰다. 하얀 삼베를 깔아 놓은 듯 하늘에 구름이 둥둥 떠다녔고, 진달래가 활짝 피어 온산이 불이 난 듯 울긋불긋했다. 바람이 불자, 향기로운 흙냄새, 풀 냄새가 콧속으로 솔솔 스며들었다. 봄 내음을 따라 발걸음도 가벼웠다.

가온은 병과점을 찾아가 백선생을 먼저 만났다.

"생각을 오래 했구나!"

백선생이 흐뭇한 미소를 지으며 가온을 바라보았다. 지민이 표정도 밝았다. 가온은 늦게 온 이유를 얘기했다.

아버지 반대가 심했다. 달래가 나서 가온이 몫까지 돕겠다며 매달렸다. 며칠을 졸라 겨우 허락받았다. 아버지를 설득하는 데 꼬박 한 달 반이 걸렸다.

"어르신, 뭐 한 가지 물어볼 게 있습니다."

"그게 뭐냐?"

"저, 여기서 일하면, 수라간에 꼭 가야 하나요?"

가온이 얘기를 끝내자, 백선생은 무슨 말인지 몰라 얼굴만 빤히 바라보았다. 지민이 나서 예전 일을 말했다. 가온이 병과점에 오는 것을 망설일 때 관심을 가지라고 이 말저 말한 것 때문에 나온 얘기였다.

"네가 괜한 얘기를 꺼낸 것 같구나."

백선생이 웃으며 고개를 끄덕였다. 그리고는 다시 입을 열었다.

"수라간에 가든지 말든지, 그건 네가 선택할 문제이다. 그렇다고 아무나 수라간에 갈 수 있는 것도 아니다. 여기서 일을 배우면서 천천히 생각해도 늦지 않을 거다."

백선생의 명확한 대답에 가온은 마음을 놓았다.

다음 날 아침, 다민이 가온에게 병과점 곳곳을 보여주며 일하는 사람들에게 인사를 시켜주었다. 가온을 부엌으로 데려갔다. 지민이 여자아이 둘과 함께 있었다.

"너는 얘랑 둘이 진달래꽃을 따와. 오늘 오후에 손님 오신다고 했어."

다민이 가온을 보면서 키 큰 여자아이를 가리켰다. 그리고서 다른 쪽으로 고개를 돌렸다.

"너는 말린 쑥이랑 쌀을 가져와서 곱게 갈아놔. 쑥 절편을 만들 거야."

다민이 말을 끝내고 나가자, 가온은 키 큰 여자아이 함께 소쿠리를 가지고 병과점을 나왔다.

"언니, 저는 인희예요. 얘기 다 들었어요. 이번 경연에서 언니가 1등 했다면서요? 모두 실력이 쟁쟁하다고 들었는데……, 암튼 대단해요."

인희는 가온에게 찰싹 붙어 부지런히 입을 놀려댔다. 둘은 병과점 뒤에 있는 낙산으로 올라갔다.

정오 무렵, 이 주부가 찾아왔다. 청나라 사행을 다녀온 뒤 첫 만남이었다. 둘은 오랜만에 즐거운 입담을 나누었다. 사랑채에서 나온 웃음이 앞마당까지 퍼져 나갔다.

"하얀 눈으로 음식을 만들었다니, 참으로 기발하군. 내가 맛을 보지 못한 게 너무 억울하네. 허허허!"

이 주부가 말을 끝내며 걸걸하게 웃었다.

"나도 그런 음식은 처음 먹어봤네. 허허!"

백선생도 목젖이 보이도록 웃었다.

"어쨌든 자네는 복이 참 많아. 잘 키워 보게. 훌륭한 재목이야. 참, 그 아이 이름이 뭐라고 했지?"

"정가온이네."

"음! 정가온이라. 내가 이름을 꼭 기억하겠네. 허허허!"

다민이 사랑채 대청마루를 오르다가 두 사람의 얘기를 들었다. 이 주부가 관심을 보일 정도면 수라간에 들어가는 건 문제가 아니었다. 임금의 음식은 내의원과 내명부 수라간에서 만들었다. 만약 가온이 수라간에 관심을 가진다면, 자신의 앞날에 큰 걸림돌이 될 게 분명했다.

"아버님, 절편 가져왔습니다."

불안을 삭이지 못한 듯 목소리가 파르르 떨렸다.

"들이거라."

다민이 조심스럽게 들어가 작은 소반 위에 접시를 올려놓고 나왔다.

"이번에는 청나라 사행 다녀온 얘기를 좀 들려주게. 청나라 같은 대국이 어떤지 상상만 해도 너무 궁금하네."

"말도 말게. 고생한 거 생각하면 치가 떨리네. 하지만 좋은 소식도 있지. 으음!"

이 주부가 자세를 고쳐잡으며 얘기를 시작했다.

이백 명 넘는 동지사 사행단은 의주를 거쳐 압록강을 향했다. 강물이 꽁꽁 얼어 배를 타지 않아도 강을 건널 수 있었다. 책문을 거쳐 만주 땅으로 들어갔다. 며칠씩 눈이 내리며 퍼부어댔다. 고생 끝에 북경에 겨우 도착했다.

이 주부는 북경에 머물며 여러 곳을 둘러보았다. 사행길과 달리 북경에서는 할 일이 거의 없었다. 한양을 떠나 북경까지 올 때, 추위에 떨고, 다리 다친 사람이 많아 정신없이 바빴다.

이 주부는 시간이 날 때마다 북경 곳곳을 둘러보며, 의서를 구하고 낯선 풍경을 감상했다. 그러다가 이상하게 생긴 건물을 보고 자기도 몰래 호기심이 발동했다. 북경 천주 교당이었다.

풍금이 울렸다. 자기도 모르게 의자에 앉아 처음 듣는 음악에 귀를 기울였다. 숨죽이며 주위를 둘러보았다. 높은 천장 주위로 투명한 유리가 하늘을 그대로 비추었다. 유리마다 색이 달랐다. 물고기 비늘같이 반짝이며 알록달록한 무지갯빛 유리에서 빛이 새어 들어왔다.

"혹시, 서교(西敎) 아니 천주학(天主學) 얘기가 아닌가?"
백선생이 깜짝 놀라며 작은 목소리로 얘기했다.
"맞네. 맞아."
"다른 곳에 가서는 입도 뻥긋하지 말게. 잘못하면 집안이 풍비박산 나네."
"얘기가 좀 다른 곳으로 흘러갔군. 내가 이 얘기를 하려고 했던 게 아닌데 말일세. 어쨌든 내가 거기서 청나라 신부를 만나 희한한 것 하나를 얻어왔네."
이 주부가 말을 하면서 봇짐을 뒤적였다. 보자기를 꺼내 조심스럽게 풀었다. 두부 두 모정도 크기의 네모난 상자에 담겨 있었다. 조심스럽게 상자에 담긴 것을 꺼냈다. 위는 어두운 갈색을 띠었고, 아래는 밝은 노란색이었다.
"이게 뭔가?"

백선생이 슬쩍 만져보았다. 말랑말랑했다.

"서양 떡일세. 한번 먹어보게."

"서양 떡?"

백선생이 조금 뜯어 입에 넣었다.

"맛이 희한하군. 촉촉한데 물기가 거의 없어. 달콤하고 아주 부드럽게 넘어가네."

"거기서 먹었을 때는 더 촉촉했네."

백선생이 조금 뜯어 유심히 살피며 다시 먹었다. 재료를 물어보았다. 설탕, 달걀, 진가루로 만들었다.

"이런 재료라면……."

백선생이 고개를 갸웃거리며 나직이 중얼거렸다.

"맞네. 귀한 재료이지만 여기서도 구할 수 있네. 자네 정도면 만들 수 있을 것 같아 가져왔네."

이 주부가 말을 끝내며 백선생을 유심히 바라봤다.

"혹시, 다른 재료는 없는가? 이 촉감을 어떻게 표현해야 하나? 솜보다는 덜 하고, 증편보다는 더 말랑말랑하고, 게다가 물기도 없어. 아무리 봐도 상상이 가질 않아."

백선생이 말을 하면서도 고개를 살살 흔들었다.

"이것을 내가 왜 가져 왔겠나?"

이 주부는 이것을 처음 먹어 본 순간, 임금 얼굴이 떠올랐다. 임금은 작년부터 입맛이 없다며 새로운 음식을 찾았다. 이빨이 좋지 않아 딱딱한 것도 싫어하고, 수라상도 물리기 일쑤였다.

"그런 뜻이 있었군."

백선생이 웃음을 보이며 고개를 끄덕였다.

다민이 화전을 가지고 방으로 들어왔다. 하얀 떡살 위에 분홍 꽃이 하나씩 피어 있었다. 둥근 접시 안이 진달래밭이었다. 다민이 일어나 뒷걸음치며 일어났다.

"잠깐만, 다민아, 이거 하나 먹어보아라."

이 주부가 보자기를 가리켰다. 다민이 손을 내밀어 두 손가락으로 조금 뜯었다. 고개를 돌리며 조물조물 씹었다. 표정이 밝아졌다.

"너무 맛있어요. 이거 누가 만드신 거예요. 혹시 이 주부 어르신이 직접……?"

의관은 치료를 주로 했지만, 왕을 위해 요리도 직접 했다.

"그건 아니다. 청나라 다녀오면서 가지고 왔다. 혹시 무슨 재료가 들어갔는지 알겠느냐?"

"글쎄요. 음, 꿀이랑, 아니 꿀보다 더 단 듯한데, 이런 색을 냈다면 치자 물에 조청을 넣어 우리지 않았을까요? 그리고 진가루가 들어간 듯한데…….."

다민이 머뭇거리다 입을 열었지만, 맛을 보고도 뭐가 들어갔는지 알 수 없었다. 그러다가 뭐가 또 생각났는지 조심스럽게 말을 꺼냈다.

"진가루인 것 같기도, 아니 조금 거친 것을 보니 멥쌀가루에 보릿가루를 넣은 듯한데."

"그만하면 됐다."

백선생이 눈웃음을 치며 손짓을 했다. 다민이 일어나 밖으로 나가려고 하자, 이 주부가 가온을 불러 달라고 얘기했다.

"네. 알겠습니다."

다민은 문을 열고 밖으로 나왔다. 기분이 나빴다. 갑자기 가온과 경쟁한다는 기분이 들었다.

"아까 하던 얘기 계속하게."

백선생이 진달래 화전을 하나 집어 먹으며 얘기했다.

"재료와 만드는 방법을 꼬치꼬치 물었지만, 이름과 재료를 알려줘도 방법은 말해주지 않더군."

"이름, 그게 뭔가?"

"바로 가수저라(加須底羅)네. 이름이 이상해서 내가 적어 달라고 했네. 여기 있네."

이 주부가 풀었던 봇짐 위에 있던 접힌 종이를 펼쳐 보여 줬다. 둘은 가수저라를 보면서 만드는 방법을 얘기했다.

가온이 문을 열고 들어와 공손히 인사했다. 문 앞에 앉자, 이 주부가 가수저라를 조금 뜯어 주었다.

"이것 한번 먹어보아라."

가온은 입에 넣지 않고 한참을 들여다보았다. 그리고는 잠시 고개를 갸웃거리다가 입에 넣고 천천히 씹었다.

"맛있는데요."

표정이 밝았다.

"이게 뭐로 만든 것 같으냐?"

가온이 가수저라를 조금 뜯어 슬쩍 눌러보았다. 폭신폭신한 느낌이 신기했다. 막걸리를 넣고 만드는 증편과 비슷한 느낌이지만, 씹히는 맛이 전혀 달랐다. 다시 입에 넣어보았다. 달걀 맛이 느껴졌다. 하지만 눈으로 보기에는 달걀의 흔적을 찾을 수 없었다.

"달걀 맛이 납니다."

자신 없는 목소리였다. 가온은 말을 해놓고도 불안한지

이 주부를 슬쩍 바라보았다.

"맞다. 또?"

이 주부의 대답에 가온은 마음을 놓았다.

"진가루가 들어갔습니다."

"맞다. 그게 다냐?"

"아닙니다. 단맛이 느껴지는데, 꿀도 아니고, 엿도 아니고, 조청도 아닙니다. 제가 모르는 단맛이라 말할 수 없습니다."

이 주부와 백선생이 조금 놀라는 눈빛이었다.

"이것을 한번 만들어 볼 수 있느냐?"

이 주부가 슬쩍 웃으며 말을 꺼냈다. 가온이 아무 말도 하지 못하며 백선생 눈치를 살폈다.

"이 아이는 오늘 들어왔네. 처음 보는 아이한테 너무 무리한 부탁을 하는구먼."

이 주부가 고개를 끄덕이며 점잖게 얘기했다.

다민은 불안해서 사랑채를 떠날 수 없었다. 귀를 쫑긋 세우며 이주부가 하는 얘기를 들었다.

"글쎄요. 자신이 없습니다."

가온은 대답해놓고도 얼굴이 벌게졌다. 지금까지 어떤 음식이라도 맛을 본 것은 비슷하게라도 흉내 낼 자신이 있었다. 하지만 지금 눈앞에 있는 음식은 감을 잡을 수 없었다.

"그냥 한번 해본 소리다. 이게 서양사람이 먹는 가수저라라는 음식이다. 이제 나가 보아라."

밖에 있던 다민이 부엌으로 잽싸게 뛰어갔다. 가온은 천천히 사랑채를 나왔다. 세상이 참 넓다는 생각이 들었다. 가온은 멍한 표정을 지으며 섬돌 아래로 내려와 천천히 걸었다.

'가수저라라고? 어떻게 하면 저런 맛을 낼 수 있지?'

12. 한과

엿

전분을 함유한 곡식을 엿기름으로 삭혀 고아 만든 달고
끈끈한 요리 재료이다. 이것을 굳히면 간식으로 먹을 수
있다.

12. 한과

다민은 가온에게 자잘한 일을 주로 시켰다. 재료를 손질하고 준비하는 일도 많았다.

남산댁이 곡식을 둥근 절구에 넣고 앉아 기다리면, 가온과 인희가 끝에 있는 발판을 동시 밟았다. 발을 떼면 방망이 같은 절굿공이가 내려오며 밑에 있는 곡물을 찧었다. 절굿공이가 오르내릴 때마다 쿵덕쿵덕 흥겨운 소리가 났다. 두 사람은 뒷마당 헛간에서 발을 디뎌 찧는 디딜방아로 곡식 가루를 만들었다.

약과판이나 다식판을 씻어 말리는 일도 손이 많이 갔다.

나무라 물로 씻을 수 없었다. 꼼꼼히 털어내고 바람이 부는 곳에서 잘 말렸다.

약과판은 다식판과 비슷하게 생겼지만, 크기가 달랐다. 약과판이 훨씬 더 컸고, 꽃문양이 새겨져 있었다. 다식판에는 복을 기원하는 한자가 쓰여 있었다. 오래 살라는 수(壽), 복을 받으라는 복(福), 늘 편안하다는 강(康)과 녕(寧)이었다. 문양도 다양했다. 학, 꽃 무늬, 거북이, 복숭아 무늬같은 문양이 음각으로 새겨져 과자의 모양을 만들어 주었다. 약과와 달리 다식판은 위 판과 아래 판으로 분리되었다.

병과점에서 쓰는 도구는 꽤 많았다. 채반, 함지, 소쿠리, 동구리, 엿강정틀, 대나무발 등, 한과를 만들고 나면 치우는 일도 만만치 않았다.

여름이 지나가고 선선한 가을이 찾아올 무렵, 가온은 허드렛일에서 벗어났다. 병과점에서 일하는 아이들이 가온을 부러워했다. 들어온 지 일 년도 되지 않아 음식을 하게 되는 경우는 처음이었다.

인희가 나무로 둥글게 만든 함지에 곱게 빻은 찹쌀가루를 안채로 가져왔다.

"찹쌀을 찌고 말려서 맷돌로 갈아 고운 채로 다섯 번 쳤습니다."

다민이 가루를 만져보고, 조금 집어서 입에 넣었다.

"음, 깔끔하게 잘 만들었는데."

다민이 미소를 지으며 차분하게 얘기했다.

"고맙습니다."

인희가 방긋 웃으며 밖으로 나갔다.

다민이 앞치마를 두르고 상 앞에 앉았다.

"이번 다식은 이조정랑 댁에서 들어온 거야. 실수하면 큰일 나니까, 꼼꼼히 잘 만들어야 해."

"네. 아가씨."

다민이 작은 함지에 찹쌀가루를 조금 퍼담았다. 꿀을 한 종지 붓고 손으로 오물쪼물 주물렀다.

"반죽은 딱 이 정도가 돼야 해. 자, 맛을 보고, 반죽을 만져봐. 반죽이 덜 뭉쳐지면 꿀을 조금씩 더 넣어줘야 하는 건 알지?"

다민이 말을 끝내고 다식판을 꺼냈다. 반죽을 대추 알 크기로 뭉쳐 다식판 구멍 속에 넣고 손으로 꾹꾹 눌렀다.

"자, 너도 한번 해봐."

가온이 똑같이 따라 했다.

"이제 위 틀을 천천히 눌러. 그러면 다식이 튀어나올 거야."

가온이 위 틀에 손을 대고 천천히 힘을 주었다. 복(福) 자가 새겨진 동그란 다식 다섯 개가 나왔다. 가온은 하얀 다식을 조심스럽게 집어 접시 위에 올려두었다.

"이번에는 색깔 있는 다식이야. 방법은 똑같은데, 색을 내는 재료가 달라. 예쁜 색을 내는 게 제일 중요하지."

다민이 송홧가루가 든 그릇을 들었다. 함지에 찹쌀가루를 넣고, 송홧가루를 조금 뿌렸다. 하얀 가루가 병아리색이 되었다.

"정말 예쁘네요."

"음, 녹색을 만들 때는 쑥 가루를 넣고, 붉은색을 낼 때는 백년초 가루를 넣어야 해. 검은색은 검은깨 가루라는 거 알겠지? 그리……."

"백년초요? 그건 처음 들어보는 건데."

말을 끝내기도 전에 가온이 툭 끼어들었다. 다민은 기분이 나빴지만, 모른 척하며 가온을 쳐다보았다.

"약초야. 백 가지 병을 고칠 수 있고, 백 년을 살 수 있는 효능이 있다고 해서 백년초라고 하나 봐. 다 만들면 얘기해."

다민은 할 말이 더 있었지만, 그냥 일어났다. 검은깨로 다
식을 만들 때 조심해야 할 게 있지만, 말을 할때 가온이 툭
끼어드는 바람에 기분이 좋지 않았다.

가온은 다섯 색깔 다식을 만들기 시작했다. 함지에 담긴
찹쌀가루를 작은 그릇에 똑같이 나누어 담았다. 하얀색부
터 먼저 만들었다. 다음은 녹색이었다. 쑥 가루를 넣고 반
죽을 만들었다. 작년에 군고구마 과자를 만들 때가 기억났
다. 고구마 색을 내기 위해 맥문동꽃을 따다가 색깔을 만든
기억이 선명했다.

'이렇게 해야 하는데, 무식하게 그냥 꽃을 따다가 맷돌에
갈았으니……'

가온은 절로 웃음이 났다.

빨간색, 노란색 다식을 만들고 검은색을 만들 차례였다.
같은 방법으로 반죽을 만들었지만, 너무 질었다. 검은깨에서
기름이 흘러 반죽이 너무 물렀다. 남은 찹쌀가루가 없었다.

'어떡하지.'

한참을 고민했지만, 다른 방법이 없었다.

"잘되니?"

지민이 미소를 지으며 안채로 들어오는 쪽문 앞에서 물었다.

"아뇨."

가온이 표정이 어두웠다.

"무슨 일인데?"

지민이 고개를 갸웃거리며 대청마루 앞까지 걸어왔다.

"반죽이 너무 물러서……."

가온이 목소리에 힘이 없었다. 지민이 고개를 돌리며 바가지 안을 슬쩍 보았다. 검은깨였다. 검은깨라면 꿀을 똑같이 넣어 반죽하면 당연히 물러졌다.

'혹시…….'

지민은 무슨 말을 하려다가 다민이 얼굴이 떠올라 목구멍까지 넘어오는 말을 삼켰다.

"혹시 뭐요?"

"아니다. 잠깐만 기다려봐. 찹쌀가루 있는지 찾아보고 올게."

지민이 뒤로 돌아서서 입술을 깨물었다. 화가 조금 났지만, 다민에게 뭐라고 말할 수 없었다. 잠시 후, 인희가 찹쌀가루를 가져다주었다. 가온은 다시 반죽을 시작했다.

다민이 안채로 들어왔다.

"다 했니?"

"이제 다 해가요."

다민이 섬돌까지 올라와 마루에 몸을 걸쳤다. 손을 내밀어 검은깨 반죽을 조금 집어 먹었다. 반죽이 적당했다.

'어! 제법인데. 이걸 어떻게 만들었지?'

다민이 일어났다.

"조금 있다가 아버지 모시고 올게."

다민은 아무 일 없다는 듯 밝은 표정을 지으며 밖으로 나갔다.

가온이 다식을 접시 위에 가지런히 올려두었다. 백선생이 안채로 들어왔다. 다민이 쟁반에 물을 담아 따라왔다.

"어디 한번 보자."

백선생이 녹색 다식을 집어 먹어보았다. 그리고는 물을 먹고 입을 헹궜다. 검은색 다시 집었다.

"잘 만들었구나. 다민아, 지함을 가져오너라."

백선생이 말을 하면서 다민에게 고개를 돌렸다. 마루로 올라와 앉았다. 그리고는 다식 담는 요령을 알려주었다. 가온은 깜짝 놀랐다. 그냥 예쁘게 만들려고 다섯 가지 색을 냈다고 생각했다.

빨간색, 노란색, 푸른색, 백색, 검은색은 우리 민족이 예전부터 즐겨 사용해 온 색이었다. 이것은 음양오행에 바탕을 두었다. 음양은 밝음과 어두움을 의미하고, 오행은 물, 나무, 불, 흙, 쇠로써 밝음과 어두움을 통해 세상 돌아가는 이치를 뜻했다. 푸른색은 봄이요, 붉은색은 여름이고, 황토색은 세상의 중심을, 흰색은 가을, 검은색은 겨울이었다. 중국에서는 초록색을 파란색으로 표현하기도 했지만, 우리 민족은 자연의 법칙을 따라 파란색을 초록색으로 표현했다.

"아! 그리고 보니, 욕불일[13]에 절에 가서 단청을 본 적이 있어요. 그게 그런 의미가 있었다니!"

가온은 입가에 살며시 웃음을 지으며 고개를 끄덕였다.

다민이 종이로 만든 네모난 지함을 가져왔다. 백선생이 지함 속에 오색 다식을 가지런히 담았다. 다섯 방위를 표현하듯 중앙에 노란색, 동서남북으로 녹색, 하얀색, 빨간색, 검은색 순서로 놓았다.

날이 서늘해질수록 병과점 일이 조금씩 늘어났다. 보름

---

13) 부처님 오신 날, 음력 사월 초파일을 달리 부르는 말이다.

뒤가 추석이었다.

가온은 병과점 일을 빨리 끝내고 집으로 돌아갔다.

"오늘 일찍 왔네. 일은 재밌어?"

달래가 환한 얼굴로 물었다.

"너무 재미있어. 새로운 재료도 많고, 처음 보는 도구도 있고, 너무 신기해."

"오늘은 뭘 만들었는데?"

"오늘 내가 드디어 꿀약과를 만들었잖아."

"정말?"

달래는 부엌으로 들어가면서 저녁 준비를 했다. 가온이 부뚜막에 걸터앉아 약과 만드는 얘기를 들려줬다.

진가루를 곱게 치고 꿀과 참기름을 넣어 반죽을 만들었다. 반죽을 밀개로 밀어 납작하게 만든 다음 약과 틀에 넣어 모양을 만들었다. 약한 불에서 먼저 튀기다가, 색이 날 때쯤 센 불로 옮겼다. 겉이 갈색으로 변하면 건져내고 기름을 빼냈다. 튀긴 약과를 꿀, 조청, 생강을 넣고 끓인 즙청물에 반나절 담가 놓고 건졌다. 바람이 잘 드는 곳에서 하루 정도 말리면 약과가 완성되었다.

"와! 이제 우리 두부 과자 그만 팔고 약과로 바꿔?"

달래가 까르르 웃으면서 얘기했다. 가마솥에 쌀을 붓고 살강 위 그릇에서 달걀을 세 개 꺼냈다.

"웬 달걀이 그렇게 많아?"

가온이 바가지를 보면서 깜짝 놀랐다. 그 사이 닭이 엄청나게 늘었다. 가온이 새벽에 집을 나가 밤늦게 오는 일이 많다 보니 닭장을 자세히 살피지 못했다.

"와! 이제 너희 집 부자네. 하하!"

"다 네 덕분이지. 장터에서 번 돈으로 씨암탉 두 마리 더 샀어. 이런 식으로 돈이 모인다면, 머지않아 면천할 수도 있을 것 같아."

"와! 정말. 뭐 없어? 내 덕분이라며? 보답해야지."

가온이 실실 웃으며 농담하듯 말을 건넸다.

"뭐 해 줄까?"

"달걀찜 먹고 싶어. 하는 김에 우리 것도 같이해라. 우리 건 달걀 네 개 넣어줘."

가온이 살강 위를 가리켰다.

"야! 달걀 세 개나 네 개나 같은 그릇에 넣으면 양이 똑같은데. 세 개만 하면 안 될까?"

"안돼. 물 적게 넣어야 더 맛있어. 새우젓 꼭 넣고."

가온은 기다리는 동안 쪽마루에 앉아 하늘을 바라보았다. 작년 일을 떠올렸다. 군고구마 과자, 두부 과자를 팔다가 이제는 병과점에서 과자를 만들었다. 시간이 참 빨리 흐르는 것 같았다.

"가온아, 자!"

달래가 달걀찜 그릇을 바구니에 담아주었다. 가온은 집으로 달려갔다.

"달걀찜이구나! 어서 밥을 먹자꾸나."

아버지가 달걀찜을 보고 군침을 흘렸다. 상 가운데 달걀찜을 올렸다. 아버지가 먼저 몇 숟가락을 떠서 밥그릇을 놓았다. 어머니가 뜨고 난 뒤 가온이 숟가락을 들었다.

"어!"

달걀찜이 덜 섞였는지 아래쪽이 하얗고, 촘촘한 구멍이 있었다. 숟가락으로 아래쪽을 파서 떠냈다. 눈을 크게 뜨고 다시 살폈다.

'이건?'

어디서 본 게 분명한데 생각이 나지 않았다.

"뭐해? 안 먹고."

엄마가 가온을 보며 얘기했다.

"먹기 싫으면 내가 먹지. 뭐. 허허."

아버지가 웃으며 달걀찜에 숟가락을 꽂았다. 가온은 꼼짝
도 하지 않았다. 한참 동안 숟가락을 들고 달걀찜을 뚫어지
게 보았다.

13. 이 주부의 부탁

숙실과

과일의 열매나 식물의 뿌리를 익혀서 꿀에 조린 음식이다.
꿀을 넣어 조리듯 볶은 '초(炒)'와 재료를 다져 꿀을
넣고 조린 후 다시 알처럼 빚은 '란(卵)'이 있다.

13. 이 주부의 부탁

추석이 지나자, 병과점은 눈코 뜰 새 없이 바빠졌다. 주문도 많이 늘어났지만, 주문이 몰리는 겨울을 대비하기 위해 조청이나, 유과의 바탕을 미리 만들어 놔야 했기 때문이다.

조청 만드는 일은 손이 많이 갔다. 밥을 한 다음, 엿기름 섞은 물을 가마솥에 부어 미지근한 온기에서 하룻밤을 재웠다. 이렇게 해야 밥이 잘 삭았다. 다음 날 아침, 동동 뜬 밥알을 건져 베보자기에 넣고 짰다. 엿기름 삭힌 물을 걸러 가마솥에 끓였다. 반나절을 끓이면 엿물이 걸쭉한 조청으로 바뀌었다.

"언니, 조금 더 끓여서 엿 만들어 먹을까요?"

인희가 웃으며 가온에게 장난쳤다.

"항아리에 담고 남으면 엿이나 만들어 먹자."

조청을 더 끓이면 찐득한 강엿이 됐다. 갈색 강엿을 타래 감듯 당기고 늘이면 하얀색 쌀엿을 만들 수 있었다.

조청 만드는 일을 며칠 동안 계속했다. 큰 항아리 열 개를 채우려면 밤낮없이 가마솥에 불을 때야 했다.

다민도 정신없이 바빴다. 유과 바탕 만드는 일이 꽤 번거로웠다. 찹쌀을 삼사일정도 물에 담가놨다가 건져서 쌀가루를 빻았다. 곱게 갈린 쌀가루에 콩물과 소주를 섞어 반죽을 만들어 가마솥에 쪘다. 찐득찐득한 떡 같은 반죽을 만들어 얇게 펴서 엽전 크기로 잘랐다. 따뜻한 방에 넣고 며칠 말리면 유과 바탕이 되었다.

유과 바탕만 있으면 언제든 유과를 만들 수 있었다. 손가락 한 마디 정도 되는 바탕을 기름에 넣고 튀기면 손바닥보다 더 큰 유과로 변했다. 튀긴 과자를 앞뒤로 조청을 골고루 발라 쌀 튀밥을 붙이면 유과가 되었다.

해 질 무렵, 이 주부가 병과점을 찾아왔다. 이 주부 표정

이 안 좋았다. 백선생이 몇 번이나 이유를 묻자, 올해 동지
사 사행에 관해 불만을 털어놨다.

"그렇지, 가면서 얼어 죽는 사람이 한두 명이 아니라던
데, 얼마나 힘들겠나."

"작년에도 갔는데 올해까지 보내는 건 너무 한 거 아닌
가? 휴!"

이 주부가 말을 끝내며 긴 한숨을 내쉬었다. 동지사 사행
을 연달아 두 번 간다는 것은 내의원에서 이 주부의 위치가
아주 불안하다는 뜻이었다.

"혹시, 빠질 방법은 없는가?"

"분위기가 별로 좋지 않네. 그나마 전하께서 나를 총애하
시니 그나마 자리라도 지키고 있는 걸세. 하지만 지금 전하
의 건강이 좋지 않아 걱정이네. 대신들이 모든 책임을 내의
원 의관에게 돌리고 있어. 무슨 일이라도 생기면 아마 나부
터 혜민서로 내칠 걸세."

"허허. 큰일이군. 내가 아무것도 도와줄 수 없으니……. 쯧!"

백선생이 얼굴을 찌푸리며 혀를 찼다.

"말이라도 고맙네. 말 나온 김에 나를 좀 도와주면 안 되
겠나?"

이 주부는 기다렸다는 듯 봇짐을 풀어 책 한 권을 꺼냈다. 이덕무가 쓴 〈청장관전서[14]〉 중 한 권이었다. 여기에 가수저라를 만드는 방법이 자세히 적혀있었다.

"자, 여기를 보게."

이 주부가 책장을 넘기며 손으로 집어주었다.

진가루 한 되와 설당 두 근, 달걀 여덟 개를 반죽한다. 구리 냄비에 넣고 숯불로 색이 노랗게 될 때까지 익힌다. 대바늘로 구멍을 뚫어 불기가 속까지 들어가게 만들어야 가수저라를 만들 수 있었다.

"이 책에 적힌 대로 만들어 봤는가?"

"물론일세. 몇 번을 만들어봐도 예전에 먹었던 맛이 나지 않았네. 다른 건 몰라도 음식 만드는 일이라면 자네가 나보다 한 수 위 아닌가? 자네가 가수저라를 한번 만들어 보게."

이 주부가 말을 끝내며 애틋한 눈빛으로 백선생을 바라보았다.

백선생은 곰곰이 생각했다. 이 주부의 요리 실력이나 미

---

14) 조선 후기의 학자 이덕무(李德懋)의 저술 총서이다. 모두 33책 71권이다.

각은 탁월했다. 이 주부가 실패했다면, 결코 쉬운 일이 아니었다. 게다가 음식을 만들려는 의도가 순수하지 않았다.

'이것을 만들어 왕에게 바치고, 입맛이 돌아와 건강을 다시 찾게 한다. 결국, 왕의 신임을 받아 자기의 자리를 굳건히 하겠다는 뜻인데……'

아무리 생각해도 쉬운 문제가 아니었다. 그렇다고 오랜 친구의 난처한 처지를 모른 척하는 것도 도리가 아니었다.

"알겠네. 어떻게든 내가 힘을 써보겠네."

백선생은 한참을 고민하다가 고개를 끄덕였다.

이 주부가 나간 뒤, 다민이 사랑채로 뛰어들어왔다.

"아버지, 혹시 이 주부 어른이 청나라에서 가져온 서양 떡 때문에 오신 건가요?"

다민이 생글생글 웃으며 물었다. 백선생은 조금 놀란 눈빛이었다.

"그걸 어떻게 아느냐? 밖에서 들었느냐?"

"죄송해요. 들으려고 들은 건 아니에요. 그래도 제가 하면 안 돼요?"

다민이 아버지에게 가수저라를 만들어 보겠다고 말한 이

유가 있었다. 가온이 때문이었다. 가온이 병과점에 들어온 지 겨우 반년 지났지만, 삼 년 된 아이들보다 모든 것이 빨랐다. 다민은 가온이 하루하루 달라지는 모습을 보며 불안했다. 이런 속도라면 가온이가 병과점에서 최고 실력자가 되는 것은 시간문제였다.

"안 된다. 쉽게 만들 수 있는 음식이 아니다."

사람을 바짝 얼게 할 정도로 섬뜩한 말투였다. 하지만 다민은 포기하지 않았다. 몇 번을 설득하고 졸랐지만, 백선생의 대답은 달라지지 않았다. 다민은 실망한 채 자리에서 일어났다.

백선생은 다민의 모습을 보며 얼굴을 찌푸렸다. 실력으로 승부를 걸어야 오래 가는 법인데, 벌써 엉뚱한 곳에 눈을 돌리는 게 안타까웠다. 그런 점에서 가온은 달랐다. 오로지 음식 만드는 게 좋아 병과점에 들어왔고, 음식 만드는 일 외에는 아무것도 관심 없었다.

'다민이 가온이 반만 닮았어도…….'

백선생은 며칠 고민하다가 가온을 불렀다. 백선생이 병과점에 대해 이런저런 것을 묻다가 가수저라 얘기를 꺼냈다.

"혹시, 이 주부 어르신이 청나라에서 가져온 것을 말씀하시는 겁니까?"

"그래. 맞다."

백선생이 고개를 끄덕이며 평온한 얼굴로 대답했다.

"네. 가끔 머릿속에 가수저라라는 서양 떡이 떠오르곤 합니다."

가온이 대답에 백선생 얼굴이 환하게 밝아졌다.

"혹시, 그것을 한번 만들어 볼 생각이 있느냐?"

백선생은 이 주부가 주고 간 〈청장관전서〉에 있는 내용을 자세히 알려주었다. 가온은 잠시 머뭇거리며 입을 열지 않았다.

"자신 없으면 안 해도 된다. 그냥 한번 물어본 것이다."

"지금은 자신 없습니다. 며칠 생각해 보고 확신이 생기면 그때 다시 말씀드리겠습니다."

"그래. 그렇게 하여라."

가온은 사랑채에서 나와 부엌으로 들어갔다. 들깨강정을 만들려고 엿, 조청, 볶은 들깨를 가마솥에 넣고 따뜻한 불에서 섞었다. 마지막에 볶은 땅콩을 뿌렸다.

'어?'

촘촘한 들깨를 보자, 달걀찜이 떠올랐다. 달걀찜을 숟가락으로 떴을 때 본 구멍과 가수저라를 뜯었을 때 본 구멍이 아주 비슷했다.

"언니, 다음은 뭐 할까요?"

가온이 손을 놓고 한참을 멍하게 서 있자, 인희가 어깨를 살짝 두드리며 물었다.

"어, 내 정신 좀 봐."

가온이 도마 위에 들기름을 살짝 바르고 가마솥 안에서 들깨 반죽을 퍼 담았다. 양손으로 밀개를 잡고 얇게 폈다. 머릿속이 복잡했다. 집에 빨리 가서 달걀로 뭔가 만들어 보고 싶었다.

"인희야, 이거 식으면 칼에 들기름 발라서 자르는 거 알지?"

"네, 언니."

인희가 밝은 목소리로 대답했다.

가온은 인희에게 뒷정리를 부탁하고, 서둘러 병과점을 나왔다.

가온이 달래 집으로 허겁지겁 들어갔다.

"오늘 일찍 왔네."

"응. 뭐 할 게 있어서. 달걀 몇 개만 가져갈게."

가온이 부엌으로 들어가, 바구니를 통째로 들고나왔다. 대충 봐도 열 개가 넘었다.

"다 가져가는 거야?"

"미안. 오늘은 달걀이 좀 많이 필요해서."

"갑자기 달걀귀신이라도 씌었냐?"

"미안, 오늘은 좀 많이 필요해."

가온이 미안한 듯 눈꺼풀을 깜빡이며 아양을 떨었다. 달래 머릿속에 뭔가 확 지나갔다. 가온이 표정을 볼 때, 뭔가 새로운 게 또 생각났다는 뜻이었다.

"뭐 만드는데?"

달래가 호기심 어린 눈빛으로 물었다. 일 년 내내 두부 과자만 만들다 보니, 지겹기도 하고 재미도 없었다.

"일단 만들어 보고. 그때 다시 얘기해 줄게."

가온은 바구니를 들고 잽싸게 집으로 뛰어갔다.

물의 양을 조절해서 달걀찜을 여러 개 만들었다. 물을 적게 넣은 달걀찜 구멍이 더 거칠고 촘촘했다. 물이 많아질수록 달걀찜이 부드럽고 표면이 매끄러웠다. 가수저라 속 구멍과 달걀이 밀접한 관계가 있는 것 같았다.

　가온은 병과점에서 일할 때도 가수저라를 떠올렸다. 이런 저런 생각을 하다 보면, 정신 나간 사람처럼 멍하니 한곳을 바라보며 꼼짝도 하지 않았다.
　다민이 지나가다가 가온을 보았다.
　"야, 너 요즘 무슨 생각하는 거야?"
　화가 난 듯 소리를 빽 질렀다.
　"죄송해요. 아무것도 아니에요."
　가온이 정신을 차리며 다시 밀개를 잡았다.
　"지금 바쁜 거 보고도 몰라? 아버지께서 잘한다 잘한다 칭찬해주시니까, 눈에 뵈는 게 없지?"
　다민이 매섭게 눈을 뜨고 가온을 노려보았다.

　백선생 얘기를 들은 후, 가온은 집에서도 가수저라 만드는 방법을 고민했다. 뭔가 하나에 꽂히면 해결될 때까지 놓지 못하는 성격 탓이었다.
　"달래야, 찹쌀가루 있지?"
　진가루가 없으니 찹쌀가루라도 써야 했다.

"어. 있어."

"빨리 줘봐. 달걀 두 개랑."

달래는 두 말도 하지 않고 가온에게 찹쌀가루와 달걀을 주었다. 가온은 뚝배기 그릇에 찹쌀가루와 달걀을 넣고 저었다.

"혹시, 조청 있어?"

"음, 며칠 전에 달여 놓은 거 있어."

"그거 한 숟가락만."

가온은 잘 저은 달걀 물에 조청을 넣었다. 그리고는 화로에 약한 불을 피우고 뚝배기를 올렸다. 뚝배기의 반 정도 찰랑거렸다. 납작한 접시를 뚝배기 위에 올렸다. 뚝배기에서 구수한 냄새가 피어났다. 달래가 코를 킁킁거리며 다가갔다.

"오! 냄새 좋은데?"

가온이 행주를 쥐고 뚝배기를 들어 올려 평상에 올렸다. 노란 색깔이 가수저라와 비슷했다. 숟가락을 들어 조심스럽게 파냈다. 뚝배기 안쪽이 조금 타서 거뭇거뭇한 것이 묻어 있었다. 숟가락으로 탄 곳을 긁어내 맛을 보았다. 가수저라와 맛이 비슷했다.

"그렇다면……."

구운 반죽을 조금 뜯어 자세히 살폈다. 어떤 곳은 매끈했지만, 어떤 곳은 가수저라처럼 구멍이 숭숭 뚫려 있었다. 조금 뜯어 입에 넣었다. 가수저라 맛과 조금 다른 알쏭달쏭한 맛이었다.

'비슷하긴 비슷한데…….'

가온이 혼잣말하며 뚝배기를 바라보았다.

"지금 뭐 만드는 거야? 이런 건 처음 보는데?"

달래가 호기심 어린 눈으로 가수저라를 바라보았다. 가온은 가수저라에 대해 자세히 설명했다. 달래가 구운 반죽을 조금 뜯어 먹었다.

"달고 맛있는데, 촉촉하지도 부드럽지도 않아. 그냥 퍽퍽한 느낌이 너무 강해."

"그렇지. 재료가 달라 그럴 수도 있어. 하지만 몇 가지 단서는 찾아냈어. 제대로 된 재료로 만들면 성공할 수 있을 거야."

"정말?"

14. 진가루 금지령

가래떡

멥쌀가루를 찐 다음 떡메로 쳐서 뽑아낸 둥글고 긴 떡이다. 떡국의 재료로 사용한다.

14. 진가루 금지령 [15)]

11월 그믐날 저녁, 달빛도 없는 골목길을 이 주부가 쓸쓸히 걸어갔다. 병과점 앞에서 조용히 문을 두드렸다.

"무슨 일인가?"

백선생이 이 주부의 어두운 표정을 보고 물었다. 이 주부가 급한 마음에 가수저라 얘기를 먼저 꺼냈다. 백선생은 아직 할 말이 없었다. 가온이 직접 찾아와 가수저라를 만들어 보겠다고 얘기했지만, 아직 일주일도 채 지나지 않았다. 백

---

15) 조선 시대 법전 〈대전통편〉에 보면, 민가에서 결혼식을 치를 때나 장례식 때 유밀과를 사용하면 곤장 80대에 처한다는 조항이 있다. 당시 약과는 사치품이기 때문에 아무나 먹을 수 없었다. 국가적인 행사 때도 사치를 막기 위해 약과 사용을 금지한 적이 있었다.

선생은 묵묵히 고개를 끄덕이며 이 주부의 얘기를 들었다.

"그게 무슨 말인가?"

"동지사 사행에 뽑혀 청나라를 다녀와야 하네. 며칠 뒤 떠나야 해서, 자네를 보러 왔네. 이번에 가서 내가 직접 방법을 배워오겠네. 어차피 다른 방법이 없잖아."

이 주부 얼굴에 그림자가 드리웠다.

다민이 창고를 정리하다가 설당이 없어진 것을 알았다. 조금 없어진 것도 아니고 작은 항아리째 없어졌으니 보통 일이 아니었다. 혹시나 해서 아버지를 찾아갔다. 아버지가 가수저라 만드는 일을 가온에게 시켰다는 것을 알게 되었다. 다민은 펄쩍 뛰며 아버지에게 따졌다. 백선생은 다민을 겨우 달래고 사정을 얘기했다. 하지만 둘 사이가 나빠질까 더 걱정했다.

백선생은 가온에게 당분간 병과점에 나오지 말고 집에서 가수저라를 만들라고 얘기했다. 가온은 사흘에 한 번씩 병과점에 들러 재료를 지민에게 받아 갔다.

진가루와 설당을 썼지만, 제대로 된 가수저라를 만들 수 없었다. 몇 번을 시도해도 거기서 거기였다.

"달래야, 뭐가 문제지?"

가온은 네모 난 구리 그릇을 보며 얘기했다. 색깔만 같을 뿐, 구멍이 촘촘하지도 부드럽지도 않았다. 재료라고 해봤자 진가루, 설당, 달걀이 전부였다.

달래는 옆에 앉아서 설당 단지를 슬쩍 열어보았다.

"가온아, 이거 한 번만 찍어 먹어보면 안 돼? 꿀보다 더 달콤하고 맛있다며?"

달래가 입을 가리고 호호호 웃으며 가온을 바라보았다.

"안 되거든. 우리 먹으려고 가져온 거 아니야."

"누가 보는 것도 아닌데, 손가락으로 조금 찍어 먹어본다고 표시가 나는 것도 아니잖아. 딱 한 번만, 응?"

"누가 보든 안 보든 그렇게 하면 안 돼."

가온은 굳은 표정으로 짤막하게 얘기했다.

해가 바뀌고 대보름날이 가까워졌다. 한 달이 흘렀지만, 가수저라 만드는 방법을 알아내지 못했다. 뭐가 문제인지 도무지 알 수 없었다. 가온은 처음부터 다시 시작했다. 진가루와 물을 넣어 구리 그릇에 구웠다. 또 실패였다. 진가루와 설당만 넣어 구워봤다. 이런 식으로 재료를 하나씩 넣고 빼가며 몇 번을 반복했지만, 어디가 문제인지 도저히 찾을 수 없었다.

"가온아, 내일 대보름 방야인데, 다리 밟으러 안 갈래? 혼자 가면 심심해서……."

"혼자 다녀와. 될 듯 될 듯 안 되니 정말 미치겠어."

가온은 가수저라 만드는 일에 모든 관심을 쏟아부었다. 벌써 두 달이 훌쩍 지났다. 처음에는 호기심으로 시작했지만, 이제 오기가 생겼다.

겨울철이 되자, 병과점 일이 많아졌다. 가온은 자진해서 병과점 일을 거들었다. 집에서 온종일 구리 그릇을 붙잡고 있는 것보다 병과점 일을 하면서 여러 재료를 살펴보는 것이 더 낫다고 생각했기 때문이다.

온종일 약과, 유과, 정과를 만들며 정신없이 시간을 보냈다. 벌써 해가 서산 위에까지 떨어졌다. 가온은 서둘러 일을 정리하고 지민을 찾아갔다.

"오라버니, 진가루 떨어졌는데요."

"잠시만, 이쪽으로 따라올래."

지민은 창고가 아닌 행랑채 옆에 딸린 작은 골방으로 가온을 데려갔다. 지민이 문을 열어, 보자기를 꺼내 주었다.

"안에 진가루 포대가 있어. 조심해서 잘 들고 가."

"네? 조심해서요……."

가온이 조금 이상하다는 듯 눈을 크게 뜨고 물었다.

"그, 그게 아니라, 비싼 물건이잖아. 잃어버리지 말고 잘 가져가라고."

지민이 표정이 조금 이상했다.

"근데, 왜 진가루가 여기 있어요?"

"아, 아 그건. 내가 직접 가져왔는데, 깜빡하고 여기 둔 거야."

지민의 말이 어눌했지만, 더 묻지 않았다.

가온은 보자기를 들고 집으로 갔다. 겨울이라 해가 빨리 떨어졌다. 주변이 벌써 어둑어둑했다. 가온은 저녁을 후딱 먹어 치우고, 달래네로 건너갔다.

"달래야, 달래야."

오늘따라 집안이 조용했다. 달래가 문을 열고 조심스럽게 나왔다.

"쉿. 아버지 많이 아프셔."

달래가 평상으로 가온을 데려갔다.

"어디 아프신데? 고뿔이야?"

"그게 아니라. 우리 아버지 고집도 못 말려. 휴!"

달래가 긴 한숨을 쉬며 얘기를 꺼냈다.

달래 아버지가 돈을 벌기 위해 양반 대신 매를 맞았다. 매품팔이였다. 7냥을 벌어보겠다고 곤장 80대를 맞다가 골병이 들어 돌아왔다.

"정말, 돈이 정말 뭔지?"

달래가 눈물을 뚝뚝 흘리며 가온의 손을 꼭 잡았다.

"지금 방에 의원이 와 있어."

달래 말 떨어지기 무섭게 방문이 열렸다.

"약을 지어놓을 테니, 내일 낮에 약방에 들려 찾아가세요. 장독[16]이 많이 올라, 약을 쓰지 않으면 상당히 위험합니다."

갓을 쓴 노인이 하얀 수염을 만지며 조용히 얘기했다. 집안 형편을 아는지, 약값으로 한 냥만 받아 갔다.

달래는 속이 상했다. 가온을 꼭 끌어안고 소리 없이 눈물만 쏟아냈다. 가온은 달래를 엄마처럼 안아주었다.

---

16) 장형(杖刑)으로 매를 심하게 맞아 생긴 상처의 독이다.

"그래, 그래."

가온이 달래 등을 두드리며 위로했다.

"혹시, 뭐 때문에 왔어?"

달래가 울음을 그치며 가온을 바라봤다.

"응. 달걀 몇 개 가져가려고. 오늘 진가루 가져왔거든."

가온의 목소리도 힘이 없었다.

"뭐, 진가루? 가온아, 진가루가 뭔지 알아?"

달래가 울음을 그치며 자세를 고쳐잡았다. 가온을 바라보는 달래의 매서운 눈빛, 전혀 딴 사람처럼 가온을 쳐다보았다. 가온은 깜짝 놀랐다. 달래가 황소 숨을 씨근대며 입을 열었다.

민가에서 결혼식을 치를 때나 장례식 때 유밀과를 사용하면 곤장 80대에 처한다. 유밀과를 만들 때 사용하는 설당, 진가루 등의 사용도 금한다.[17]

"뭐? 정말이야? 양반집에서 진가루를 썼는데, 매를 대신 맞았다고? 진짜!"

---

17) 대전통편 : 민가에서 결혼식을 치를 때나 장례식 때 유밀과를 사용하면 곤장 80대에 처한다.

가온은 달래 얘기를 듣고 깜짝 놀랐다. 나라에서는 백성의 사치를 막기 위해 청나라에서 수입하는 비싼 물품의 사용을 일시적으로 금했다.

지금 가수저라를 만들기 위해 쓰는 재료가 진가루였다. 가온의 얼굴이 창백해졌다. 아무리 생각해도 이것은 아니었다. 음식 만드는 것을 좋아하지만, 나랏법을 어겨가며 하는 것은 싫었다.

집에 오기 전, 지민의 어눌한 행동이 생각났다. 진가루를 줄 때 주변을 살피는 행동이 이상하고 어색했다.

"달래야, 갈게."

가온이 벌떡 일어났다.

"달걀 필요 없어?"

"됐어. 오늘 그냥 갈게."

가온은 힘없이 달래 집을 나왔다.

다음 날 아침, 가온은 백선생을 찾아가 진가루 금지령에 관해 물었다. 그리고는 가수저라 만드는 것을 그만두겠다고 말했다. 백선생은 얘기를 듣고도 아주 평온했다.

"나랏법을 어겨가며 할 수 없다니⋯⋯, 좋다. 혹시, 가수저라 만드는 방법을 알아냈느냐?"

백선생이 뭔가 생각하는 듯 고개를 잠시 까딱거리다가 가온을 보며 물었다.

"아뇨. 아직 알아내지 못했습니다."

백선생은 잠시 눈을 감으며 입술을 잘근잘근 씹었다.

"나랏법이 그렇다 하지만, 지금 이 나라에 진가루 쓰지 않는 집은 하나도 없다. 그냥 모른 척, 못 들은 척하고 가수 저라 만드는 일을 계속하면 어떻겠냐?"

백선생이 말을 끝내고 부드러운 눈길로 가온을 바라보았다.

"싫습니다. 저도 새로운 음식 만드는 것이 재미있습니다. 하지만 법을 어기는 건 싫습니다."

"네 뜻이 정 그렇다면 처음으로 돌아갈 수밖에 없지."

백선생은 가온이 가져간 진가루, 설당과 달걀을 사라고 준 돈에 관해 얘기했다. 진가루와 설당값만 해도 쌀 스무 가마는 넘게 살 수 있었다. 백선생이 조용하게 말했지만, 눈빛이 예사롭지 않았다.

"네?"

가온은 깜짝 늘라며 입이 쩍 벌어졌다. 숨을 크게 들이쉬며 마음을 가라앉혔다. 가만히 생각해 보니 백선생 말이 틀리지 않았다.

"나는 너의 재주를 믿고 큰돈을 투자했다. 네가 가수저라를 만들어 준다면, 그 돈이야 아깝지 않다. 하지만 다시 처음으로 돌아간다면, 모든 것을 원점으로 돌려놔야겠지."

정말 큰돈이었다. 지난번 경연에서 받은 상금을 내놔도 병과점에서 몇 년을 더 일해야 겨우 갚을 수 있었다. 가온은 이러지도 저러지도 못해 입을 꾹 다물고 끙끙 앓았다.

백선생이 너그러운 눈빛으로 입을 열었다.

"지금 당장 결정하지 않아도 된다. 네 맘이 그렇다면 가수저라 만드는 것을 잠시 쉬어도 좋다."

"네. 알겠습니다. 빨리 결정해서 대답하겠습니다."

백선생은 가온의 성품을 잘 알았다. 기간을 정하지 않아도, 맺고 끊음이 분명했다. 게다가 자기가 뱉은 말은 책임지는 아이였다.

며칠 뒤, 가온이 백선생을 찾아간 일을 다민도 알게 되었다. 다민은 기분이 좋았지만, 한편으로 우울했다. 가온을 위로해 주고 싶은 마음이 생겼지만, 왠지 모를 자존심이 다민의 발목을 붙잡았다.

가온은 일이 손에 잡히지 않았다. 며칠 동안 아무리 생각해도 엄청난 돈을 갚는 것은 무리였다. 그렇다고 법을 어기는 것도 마음에 내키지 않았다. 정당한 방법으로 가수저라를 만들고 싶은 마음뿐이었다. 이러지도 저러지도 못하는 자기의 신세가 불쌍했다. 가온은 괴로움을 잊기 위해 예전 일을 떠올렸다.

군고구마 과자를 만들 때, 재료도 마음대로, 모양도 마음대로 선택할 수 있었다. 어떤 걱정도 없이 자유롭게 뭔가 만들 수 있어 좋았다. 하지만 가수저라 만드는 일은 엉킨 실타래를 푸는 것 같았다. 생각하면 할수록 자꾸 꼬이는 것 같아 싫었다. 가온은 답답한 기분을 달래기 위해 억지로 좋은 기억을 다시 떠올렸다.

'군고구마 과자를 만들 때, 쌀도 넣고, 찹쌀도 넣고……'

갑자기 찹쌀이 떠올랐다. 군고구마 과자의 껍질을 만들 때, 쌀가루를 먼저 써보고 찹쌀가루로 바꿔보았다. 쌀가루는 거칠었고, 찹쌀가루는 부드럽고 쫄깃했다. 찹쌀가루에 달걀을 넣으면 촉감이 더 부드러워졌다.

"진가루 대신 쌀이나 찹쌀을 써도 가수저라를 만들 수 있을지 몰라. 그렇다면 단맛이 또 문제인데."

곰곰이 생각해 보니, 설당의 단맛은 꿀로 해결할 수 있을 것 같았다. 이런 생각이 들자, 갑자기 가슴 속에서 뜨거운 기운이 솟아올랐다. 어차피 이러나저러나 풀어야 할 숙제였다. 피한다고 벗어날 수 없었다.

"그래, 다시 한번 해보자!"

다음 날 아침, 가온은 백선생을 찾아가 가수저라를 다시 만들겠다고 얘기했다.

"잘 생각했다. 그럼, 열심히 해보아라."

백선생 짐작했다는 듯 말하고 시원하게 웃으며 가온을 바라보았다. 그런데 가온의 뒷말이 백선생의 목덜미를 잡았다.

"진가루와 설당을 쓰지 않겠다면, 도대체 뭘로 만들겠다는 말이냐?"

"아직 그것을 말씀드릴 수 없지만, 제가 꼭 만들겠습니다."

"그걸 지금 말이라고 하느냐? 재료도 없이 도대체 뭘 만들겠단 말이냐?"

백선생이 화가 난 듯 목청을 높였다. 가온은 입을 다물고 아무 말도 하지 않았다.

"좋다. 네가 꼭 하겠다니 믿겠다. 하지만 무작정 기다릴 수 없으니, 네가 시간을 정하거라."

가온은 손이 벌벌 떨렸다.

"지금 삼월 초입니다. 오월 초까지 만들겠습니다."

15. 초란

증편

쌀가루에 막걸리 같은 술을 넣어 발효시킨 뒤, 밤, 잣, 깨, 꽃, 대추, 석이버섯 등의 고명을 뿌리고 쪄낸 떡이다.

15. 초란

    다민은 진가루와 설탕을 쓰지 않고, 가수저라 만드는 일이 불가능하다고 생각했다. 가온이 지금이라도 진가루를 쓰겠다고 말하면 아버지는 그냥 넘어갈 수 있었다. 하지만 가온은 그럴 성격이 아니었다. 이런 생각을 하자 가온의 행동이 너무 무모했고, 한편으로 불쌍하게 느껴졌다. 다민은 가온을 위로해 주고 싶었다.

    해 질 무렵, 다민은 가온을 찾아가 가수저라 얘기를 슬쩍 꺼냈다. 몇 번을 얘기해도 가온의 생각은 달라지지 않았다.

    "가온아, 다시 한번 더 생각해봐. 어차피 가수저라를 만들어야 하잖아."

다민이 가온의 손을 잡고 애원하듯 얘기했다.

"고마워. 하지만 법을 어기면서까지 하고 싶지 않아."

가온이 고개를 슬쩍 저으며 얘기했지만, 말소리가 부드러웠다.

"아버지가 하시는 말을 전부 들었어. 일부러 그러는 건 아닐 거야. 아마 무슨 사정이 분명 있을 거야. 시간을 가지고 기다려봐. 내가 도울게."

진심 어린 대화가 오가자, 다민이 가슴에 뜨거운 기운이 뭉클거리며 온몸이 파르르 떨렸다.

"가온아, 미안해."

다민이 가온의 손을 꼭 잡았다.

"뭐가?"

다민은 지금까지 가온에게 품었던 미움을 모두 털어놓았다. 경연 때 금이 간 시루를 가져다 놓은 것부터 검은깨 다식을 만들 때 방법을 제대로 알려주지 않은 것까지 모든 것을 말하고 용서를 구했다.

"괜찮아. 벌써 잊었어. 오히려 그런 얘기해주니까 더 고맙네."

가온이 다민의 손을 꼭 잡았다. 다민이 눈에 맺힌 눈물이 볼을 타고 흘러내렸다. 다민이는 옷깃으로 눈물을 닦으며 또 다른 얘기를 꺼냈다.

병과점에 들어온 아이 모두 뭔가 꿍꿍이가 있었다. 수련생으로 들어왔지만, 어떻게 보면 모두 경쟁자였다. 남보다 뛰어난 실력을 쌓거나, 누군가의 눈에 들기 위해 병과점으로 들어왔다. 하지만 가온은 조금 달랐다.

"너도 처음에는 그런 줄 알았어. 나와 경쟁한다고 생각하니까, 왠지 모르게 신경이 쓰이더라고. 게다가 하루하루 달라지는 네 실력을 볼 때마다 조금씩 불안해졌어."
다민이 얘기하면서 고개를 숙였다.
"나는 음식 만드는 게 좋아서 이곳에 왔어. 욕심을 냈다면, 내가 모르는 재료, 새로운 음식을 알고 싶은 마음뿐이었어. 그게 전부라고."
가온이 차분한 목소리로 얘기했다.
"정말? 나는 궁궐에 들어가 수라간에서 일하고 싶어. 이왕 음식을 만든다면, 최고가 되고 싶다고. 그래서 너를 경쟁자로……."

다민이 목소리가 떨렸다.

"너도 정말, 아직도 나를 모르겠어? 나는 수라간 같은 곳은 전혀 관심 없어. 정말! 그냥 새로운 음식 만드는 게 좋아. 다른 욕심은 전혀 없어."

"정말!"

가온의 말에 다민이 표정이 밝아졌다.

"다민아, 약속할게. 혹시 그런 기회가 생긴다 해도 나는 절대 가지 않을 거야. 걱정하지 않아도 좋아. 나를 믿어. 나는 거짓말을 제일 싫어하거든. 그리고 그런 기회가 온다면, 내가 너를 도와줄게. 자, 약속."

가온이 새끼손가락을 먼저 내밀었다. 다민이 손을 내밀어 굳게 약속했다.

가온은 낮에는 병과점 일을 하고, 저녁에는 집에서 가수저라를 만들기 위해 수없이 노력했다. 가족 모두가 가온을 걱정하며 도왔다. 병과점에서 있었던 일을 모두 알았기 때문이다. 일이 잘못 되면, 엄청난 돈을 물어줘야 한다는 사실을 모두 두려워했다.

"가온아, 증편 만들 때 막걸리를 쓰잖니? 혹시 막걸리를 넣어보면 증편처럼 부풀지 않을까? 얘기를 들어보니, 비슷한 듯 보이는데."

어머니가 옆에서 보다가 걱정이 됐는지 말을 툭 꺼냈다. 이제 어머니나 달래도 가온이 무엇을 만드는지 대충은 알았다.

"한번 해볼게요."

아버지가 이웃 마을에서 막걸리를 얻어왔다. 막걸리를 넣어봤지만, 시큼한 냄새만 날 뿐 촉촉한 느낌이 나지 않았다.

"그래, 이건 처음부터 아니었어."

처음부터 재료는 딱 정해져 있었다. 혹시나 해서 막걸리를 써봤지만, 제대로 될 리 없었다.

"가온아, 뭐 내가 도울 건 없느냐?"

아버지도 걱정이 됐는지 마주칠 때마다 묻곤 했다.

"아버지, 산에서 꿀을 좀 따다 주세요."

"그래. 알겠다."

병과점에서 조금 일찍 마친 날이었다. 봄이 찾아온 만큼 낮이 더 길어졌다. 해가 서산에 기울었지만, 날이 어둡지는 않았다.

가온은 달래 집에 먼저 들렀다. 달래 어머니 아버지에게 먼저 인사를 한 뒤, 부엌으로 곧장 들어갔다.

"벌써, 저녁 준비하는 거야?"

"응."

달래 아버지는 이제 걷기 시작했고, 어제부터 밥도 먹었다.

"또 달걀찜이야? 내가 할까? 내가 달걀찜 전문이잖아."

지금까지 가수저라를 만들기 위해 없앤 달걀만 해도 수백 개는 넘을 듯했다.

"그래, 네가 하든지."

"올 때, 간장 좀 가져와. 여기 넣게."

달래가 장을 푸러 장독으로 갔다. 가온은 달걀을 깨서 그릇에 넣었다. 젓가락으로 쉭쉭 저어대자 달걀에 거품이 살짝 일었다. 가온은 달걀을 저으며 가수저라를 떠올렸다.

'막걸리도 아니고, 진가루도 아니고, 설탕도 아니라면……. 도대체 뭘 넣어야 해?'

"야, 너 뭐해?"

달래가 가온을 보며 조금 큰 소리로 얘기했다.

"왜?"

"물을 붓고 저어야지. 거품이 너무 많이 일었잖아."

"미안."

그릇을 보았다. 생각보다 찐득찐득한 거품이 그릇 위까지 차올랐다. 촘촘한 거품 모양이 가수저라를 뜯어낸 것과 비슷했다.

'혹시?'

가온은 고개를 들며 눈만 껌벅거렸다.

"왜?"

가온은 곰곰이 생각하며 아무 말도 하지 않았다.

"잠시만, 이제 네가 해."

가온은 그릇을 도마 위에 툭 올려놓고, 집으로 곧장 달려갔다. 달걀에 물을 붓지 않고 한참을 저었다. 거품이 생겼다. 한참을 저어도 더 생기지는 않았다. 다시 한번 가수저라를 만들어 보았다. 쌀가루와 꿀을 넣고 구리 그릇에 넣어 구웠다. 맛이 비슷했지만, 부드럽지 않았다. 하지만 지난번보다 구멍이 촘촘했고 말랑말랑했다.

"달걀 거품에 뭔가 비밀이 있긴 한데……."

가온은 눈을 감고 잠시 생각했다.

화창한 봄날이 이어졌다. 날씨가 따뜻해지면서 병과점 일이 조금씩 줄었고, 다민이 가온을 배려하듯 궂은일은 자기가 도맡아 했다.

"오늘은 일찍 들어가."

가온은 점심때가 지나 병과점을 나왔다. 오후에 진달래꽃을 따러 모두 산에 가기로 했지만, 다민이 가온을 일부러 빼주었다. 오늘이 장날이지만, 가온은 장터를 들리지도 않고 곧장 집으로 갔다.

집에 아무도 없었다. 부엌으로 먼저 들어갔다.

"음! 향기 좋은데."

아버지가 어제 가져온 벌꿀이었다. 설탕이 없으니, 단맛을 내는 꿀이 필요했다. 조청을 써보기도 했지만, 너무 뻑뻑해서 잘 녹지 않았고, 반죽하기도 힘들었다.

가온은 집게손가락을 단지 속에 넣었다가 한입 빨아 먹었다.

"음, 꿀맛인데."

아버지가 직접 따온 꿀이라 그런지 더 달고 향기도 좋았다.

"어디서부터 시작할까?"

가온은 혼잣말하면서 구리 그릇을 꺼냈다.

"꼬끼오, 꼬끼오."

닭이 우렁차게 울어댔다.

"쟤가 대낮에 울긴 왜 울어?"

가온이 혼자 웃으며 마당으로 고개를 돌렸다.

"꼬끼오, 꼬끼오."

닭이 또 울었다. 암탉이 알을 낳을 때 우는 소리였다. 잘됐다 싶어 닭장으로 뛰어갔다. 어린 암탉이 짚을 깔아둔 곳에 들어가 슬며시 앉았다. 엉덩이를 치켜들고 파르르 떨며 노란 알을 떨어뜨렸다. 그리고는 일어나 움푹 파진 곳을 찾아 부리로 알을 옮겼다.

"오! 축하해. 이제 너도 엄마 닭이 되는구나."

가온은 창고로 뛰어가 보리쌀 한 줌을 쥐고 나왔다.

"옜다, 고생 많았다."

가온이 닭장 앞으로 보리쌀을 뿌렸다. 모이를 보고 닭들이 쫓아왔다. 먼저 먹으려고 서로 밀치며 정신없이 보리쌀을 쪼아댔다. 가온은 슬그머니 뒤로 가서 어린 암탉이 낳은 달걀 하나를 들고나왔다. 방금 낳은 달걀이라 아직 온기가 남아 있었다.

"신선한 꿀과 달걀로 가수저라를 만들어 볼까?"

가온은 콧노래를 부르듯 흥얼거리며 따끈따끈한 달걀을 깼다.

"어!"

노른자가 없었다. 어린 암탉이 처음 낳은 초란은 노른자가 없을 수 있었다.

그 순간, 머릿속이 복잡해졌다. 지금까지 왜 달걀의 흰자와 노른자를 구분하지 않았을까하는 생각이 머릿속을 빠르게 스쳐 지나갔다. 가온은 달걀흰자를 마구 저었다.

'달걀흰자가 없으면, 노란색이 안 나올 텐데.'

'달걀흰자를 분리하면, 그다음은 또 어떻게 하지?'

이런저런 생각을 하면서 달걀흰자를 계속 저었다.

'여기다 꿀을 듬뿍 넣고, 쌀가루를 조금만 넣으면……'

이런저런 생각을 하면서 머릿속으로 가수저라를 만들어 보았다.

"어! 내가 뭘 하는 거야?"

자기도 모르게 꽤 오랜 시간 동안 달걀을 저었다. 가온은 피식 웃으며 그릇을 내려다보았다.

"어!"

달걀 물은 온데간데없고, 하얀 거품이 남아 있었다.

"혹시?"

거품을 계속 저어 보았다. 저으면 저을수록 거품이 솜처럼 푹신푹신해졌다. 노른자가 들어갔을 때와는 완전히 달랐다. 손으로 거품을 걷어냈다. 푹신푹신한 솜뭉치 같았다.

"여기다가 쌀가루랑 꿀을 넣으면 뭔가 될 것 같은데……."

가온은 꿀과 쌀가루를 흰 거품에 넣고 반죽을 만들었다. 구리 그릇에 담아 가마솥 아궁이 속에 넣었다. 잠시 후, 구수한 냄새가 밖으로 흘러나왔다.

16. 조선의 배이거리
(朝鮮 配利去里)

가수저라

달걀을 흰자와 노른자로 구분하여 흰자를 오랜 시간 저어서 끈적한 거품을 먼저 만든다. 노른자, 쌀가루, 꿀을 끈적한 거품과 섞은 다음 다시 반죽을 만들어 시루 또는 아궁이에 구워 만든다.

16. 조선의 배이거리(朝鮮 配利去里)

"정말인가?"

이 주부가 깜짝 놀라며 백선생을 바라보았다.

"정말이네."

백선생이 고개를 끄덕이며 차분하게 얘기했다. 이 주부는 얘기를 듣고도 믿지 못하는 눈빛이었다.

이 주부는 동지사 사행에 갔다가 어제 한양에 도착했다. 며칠 전 백 선부가 보낸 편지가 집에 와 있었다. "이 편지를 보면, 우리 집으로 바로 와주게.", 딱 한 마디뿐이었지만,

이 주부는 무슨 일인지 바로 알아챘다.

"자네가 그렇다고 하면 믿어야 하겠지만, 진가루와 설당을 쓰지 않고 가수저라를 어떻게 만들었단 말인가?"

이 주부는 같은 말을 몇 번이고 반복했다.

"지금 만들고 있네. 조금만 기다리게."

이 주부는 지금 당장이라도 달려가 직접 눈으로 살펴보고 싶었다.

"이번 사행에서 가수저라를 다시 얻어왔네. 하지만 이게 무슨 큰 비밀이나 된다는 듯, 만드는 방법을 알려주지 않더군. 사정도 해보고, 선물도 보내봤지만, 모두 헛수고였네. 돌아오는 내내 걸음이 어찌나 무겁던지⋯⋯."

"그래도 애썼네. 자네의 간절한 마음을 하늘도 모른 척하지 않았어. 조금 있으면 가수저라를 가져올 걸세. 그때 자네가 청나라에서 가져온 것과 비교해 보면 가장 정확하지 않겠나."

백선생의 목소리가 경쾌했다.

가온은 다민과 함께 부엌에 있었다. 가온이 만들고, 다민은 옆에서 보고 꼼꼼히 적었다. 가온이 재료를 모두 앞에 올려두었다. 쌀가루 한 홉, 달걀 3개, 꿀 한 종지, 돼지기름이었다.

"다민아, 이게 제일 중요해."

달걀을 깨서 노른자와 흰자를 분리했다. 작은 그릇에 노른자 세 개와 흰자를 따로 담겼다. 젓가락 세 개 끝을 모아 삼각형 모양으로 만들어 흰자를 저었다. 한참을 저었지만, 거품이 생기지 않았다.

"휴! 힘들어, 네가 좀 저어줄래."

다민이 그릇을 건네받아 다시 저었다. 한참이 지난 후에 조금씩 거품이 생겨났다.

"이제부터 조금 더 빨리 저어줘. 손가락으로 찍어 올렸을 때, 끝이 뿔 모양이 돼야 해."

"알았어. 이거 정말 힘드네."

다민은 이마에서 땀이 날 때까지 흰자를 저었다.

"이제 다 됐어."

고작 달걀 세 개만 썼을 뿐인데 꽤 큰 그릇을 가득 채울 만큼 양이 많았다. 처음보다 이삼십 배는 더 커진 듯했다. 가온이 손가락 끝으로 거품을 찍어보았다. 탱탱한 거품 끝이 뿔 모양이 되었다.

가온은 노른자 하나를 꺼내 힘차게 휘저었다. 그리고는 쌀가루와 꿀을 조금씩 넣어가며 반죽을 저었다. 시간이 꽤 걸려 끈적끈적한 반죽이 완성됐다.

"이제부터 중요해."

가온은 구리 그릇 두 개를 도마 위에 올렸다. 그리고는 유과 튀길 때 쓰는 기름을 그릇에 발랐다. 이렇게 해야 가수저라가 구리 그릇에 눌어붙지 않았다. 그리고는 반죽을 천천히 부었다. 가온이 반죽을 구리 그릇 두 곳에 나눠 부었다. 구리 그릇에 반죽이 삼 분의 이 정도가 채워졌다. 꽉 차게 붓고 구우면 너무 부풀어서 모양이 예쁘게 나오지 않았다.

"자! 이제 준비가 다 됐어."

가온은 떡시루에 구리 그릇 하나를 넣었다. 다른 하나는 불이 적당히 살아 있는 아궁이 속에 넣었다.

"다민아, 앙부일구[18] 준비했지?"

휴대용 앙부일구였다. 네모난 돌을 둥글게 판 다음, 가운데에 바늘을 꽂아 해가 움직일 때마다 그림자가 시간을 알

18) 시간과 절기를 알려주는 해시계이다.

려주었다. 가온은 다민에게 일각[19]이 지나면 시간을 말해달
라고 부탁했다. 떡시루에 넣은 반죽은 일각이 지난 다음 꺼
내야 했고, 아궁이에 넣은 반죽은 센 불에서 굽다가 일각이
지나면 약한 불로 옮겨야 했다.

"가온아, 이제 일각이 지났어."

다민이 양지바른 곳에서 큰 소리로 외쳤다. 가온이 마른
수건을 손에 말아 떡시루 안에 있는 구리 그릇을 꺼냈다.
쪼그리고 앉아 아궁이 속을 보았다. 길쭉한 집게로 구리 그
릇을 앞으로 옮겼다.

"다민아, 일각이 지나면 한 번 더 말해."

"응."

다민이 목소리가 경쾌했다.

다시 일각이 지나자 아궁이 속에서 구리 그릇을 꺼냈다.
이제 식을 때까지 기다려야 했다.

점심때가 지났지만, 아무도 밥을 먹지 않았다. 백선생과
이 주부는 가수저라를 눈 빠지게 기다렸다. 가온은 가수저
라를 네모나게 잘라 그릇에 담았다. 아궁이에 구운 것은 위

---

19) 15분

쪽만 진한 갈색이고, 떡시루에서 나온 가수저라는 위아래 모두 노란색이었다.

가온은 다민과 함께 사랑채로 들어갔다. 두 사람이 동시에 일어나 접시를 받았다.

"어서 맛을 보세."

백선생이 활짝 웃으며 접시를 상에 놓았다. 이 주부는 바로 먹지 않았다. 위쪽이 갈색인 가수저라를 먼저 들어 꼼꼼히 살폈다. 얼핏 보기에도 청나라에서 가져온 것과 거의 똑같았다. 다시 하나를 들어보았다. 위쪽만 빼고 거의 흡사했다.

이 주부가 먼저 맛을 보았다. 그리고는 청나라에서 가져온 것을 집어 먹었다.

"네가 만든 게 훨씬 더 부드럽고 맛있구나."

이 주부가 가온을 보며 경쾌하게 얘기했다. 그리고는 다시 하나를 집어 먹었다.

"앞에 먹은 게 더 맛있구나. 그런데 이것을 왜 두 개나 만들었느냐?"

가온은 두 개의 차이점을 하나씩 얘기했다. 앞에 맛본 가수저라는 아궁이에 구웠다. 이것은 불 조절하기가 까다로워 만들기가 어려웠다. 하지만 다른 것은 떡시루에서 쪘기 때문에 만들기가 쉬웠다.

"음, 두 개 모두 맛있구나. 떡시루에 찐 게 조금 더 퍽퍽하지만, 맛도 촉감도 비슷하구나."

이 주부 말이 끝나자, 이번에는 백선생이 맛을 보았다. 며칠 전에 먹어본 것보다 훨씬 더 맛있었다. 가온이 다민을 보며 한쪽 눈을 찡긋거렸다.

"어르신, 가수저라 만드는 법을 적어보았습니다."

다민이 종이를 내밀자, 이 주부가 얼른 받아 펼쳐 보았다.

"그래, 이만하면 됐다. 설당, 진가루을 쓰지 않고도 이런 맛을 낼 수 있다니, 놀랍구나."

뭔가 고민이 풀린 듯 이 주부 얼굴이 아주 밝았다.

"혹시, 이것을 궁궐에 가서 다시 만들 수 있겠느냐?"

이 주부의 말에 가온은 흔쾌히 승낙했다. 하지만 다민과 같이 가야 한다고 조건을 달았다.

"알겠다. 조만간 날을 잡을 테니, 준비하고 있거라."

이 주부는 남은 가수저라를 모두 챙겨 집으로 돌아갔다.

며칠 뒤, 가온과 다민은 궁궐에 들어갔다. 온종일 수라간에서 가수저라를 만들고 해 질 무렵 궁궐에서 나왔다. 둘은 한껏 기분이 부푼 듯 어깨를 마구 흔들며 걸었다. 어찌나 좋은지 발이 땅에 닿지도 않는 것 같았다.

"수라간 다녀온 기분이 어때?"

가온이 다민을 보며 물었다.

"어찌나 깐깐하게 구는지, 무서워서 고개도 못 들겠더라."

"치! 수라간에서 음식 만드는 게 꿈이라며? 그래서 수라 간에서 제대로 일이나 하겠어?"

가온이 깔깔 웃으며 다민을 바라봤다.

"다시 한번 생각해봐야겠어. 모르면 몰랐지, 알고는 절대 안 갈 거야."

둘을 수라간에서 있었던 일을 얘기하며 병과점으로 돌아왔다.

며칠 뒤, 이 주부가 병과점을 찾았다. 백선생은 가온과 다민을 같이 불렀다. 이 주부는 둘을 보며 칭찬을 하다가, 어제 대전상궁 만난 일을 꺼냈다. 둘에게 수라간에 들어갈 마음이 있는지 물었지만, 둘 다 거절했다.

"알겠다. 대전상궁이 몇 번이고 부탁하던데. 평안감사도 제가 싫으면 안 하는 거지. 허허허!"

이 주부는 미소를 지으며 부드럽게 얘기했다.

"그러면 혹시 하고 싶은 일이 따로 있는 게냐?"

이 주부가 가온을 물끄러미 바라보았다.

"예전처럼 장터에서 과자를 만들어 팔고 싶습니다. 그냥 내가 만들고 싶은 과자 말이에요."

이 주부가 가온의 대답을 듣고 잠시 눈을 감았다. 그리고는 시전에 점포 하나를 내주겠다고 얘기했다. 뭘 하든, 뭘 팔든 아무 조건도 붙지 않았다. 하지만 가온은 망설였다. 가수저라 만드는 일도 그냥 좋아서 시작했다. 처음에는 아무 조건이 없었다. 하지만 그만두겠다고 하자, 상상도 하지 못할 조건이 따라붙었다.

"제가 크게 한 일도 없는데, 그건 너무 큰 보답이라고 생각합니다. 말씀만으로도 고맙습니다."

가온은 말을 끝내고도 조금 아쉬운 표정을 지었다. 백선생이 가만히 보고 있다가 가온을 보며 입을 열었다.

"이번 일로 네가 마음고생이 심했구나. 내가 용서를 구하마. 지금까지 너를 자세히 지켜보았다. 네가 만들고 싶은 것이 있다면 마음껏 해보아라. 이 주부가 점포를 주겠다면, 내가 재료를 대주겠다. 나 역시 아무런 조건을 붙이지 않겠다. 하기 싫으면 언제든지 그만둬도 좋다."

"음. 가온아, 나도 너랑 같이 하고 싶어."

다민이 코맹맹이 소리를 내며, 가온이 옆으로 슬쩍 어깨를 기대었다. 가온은 고민이 되었다. 좋은 기회를 놓치기 싫었다. 하지만 어른들의 계산법을 아직 믿을 수 없었다.

"음. 아버지. 그리고 이 주부 어르신."

다민이 차분한 목소리로 두 사람을 번갈아 보았다.

"혹시, 지금 말한 것을 글로 적어주실 수 있겠는지요. 그래야 가온이 마음이 편할 것 같습니다."

다민이 가온의 마음을 읽었는지, 차분한 목소리로 넌지시 물어봤다.

"그래. 그래. 지금 당장이라도 적어주지."

이 주부가 흔쾌히 대답하자, 백선생도 웃음을 지으며 고개를 끄덕였다. 가온은 다민을 보며 밝은 미소를 지었다.

"알겠습니다. 열심히 해보겠습니다."

가온이 목소리가 경쾌했다.

이번에는 백선생이 어떤 가게를 만들고 싶은지 물었다. 가온은 싸고 맛있는 과자를 많이 만들어, 많은 사람과 함께 나눌 수 있는 가게를 만들겠다고 했다.

"알겠다. 나도 가끔 들려서 싸고 맛있는 과자 맛을 꼭 봐야겠구나. 허허허!"

이 주부가 걸걸하게 웃으며 얘기했다. 이번에는 가온이 먼저 얘기했다.

"어르신, 부탁이 하나 있습니다."

"그게 뭐냐?"

이 주부가 눈을 동그랗게 뜨고 가온을 바라보았다.

"점포를 연다면, 이름이 있어야 하는데, 여기 병과점 같은 멋진 이름 하나 지어주십시오."

가온이 말에 이 주부가 껄껄 웃으며 백선생을 바라보았다.

"자네, 이 아이가 한 말 기억나는가? 십 년 전, 자네도 내게 이 말을 했지. 허허허!"

"맞네. 맞아."

이 주부가 소리 내 웃자, 백선생은 멋쩍게 머리를 긁으며 배시시 웃었다.

"좋다. 어떤 이름이 좋을까?"

이 주부가 눈을 감으며 잠시 생각했다.

"싸고 맛있는 과자를 만들어, 많은 사람과 함께 나눈다는 것은……, 나눌 배, 이로울 이, 갈 거, 이웃 리를 쓰면 뜻이 딱 맞아떨어지겠구나."

"배이거리? 그게 무슨 말인가?"

백선생이 혼잣말로 중얼거렸다.

"이번 청나라 사행에서 들은 말인데, 서양에서 가수저라 파는 곳을 '배이거리'라고 부르더구나. 어떻게 네 생각하고 딱 맞아떨어질 수 있는지 말을 해놓고도 나 역시 놀랐다. 그리고 네가 가수저라를 만들어 판다면, 조선 최초가 아니겠느냐. 배이거리 앞에 조선을 붙여 '조선 배이거리'로 쓰면 딱 좋겠구나."

"조선 배이거리? 그거 좋네."

백선생이 흡족하게 웃으며 맞장구를 쳤다.

"마음에 드느냐? 네가 말한 것처럼 많은 사람이 좋아할 수 있는 맛있는 과자를 많이 만들거라. 싸게 팔려면 비싼 재료도 쓰지 말고, 우리 땅에서 쉽게 구할 수 있는 재료로 과자를 만들면 더 좋겠구나."

한 달 뒤, 종루 시전에 새로운 간판이 걸렸다. 가온과 다민이 아궁이 앞에서 즐겁게 과자를 구웠다. 좌판 위에 대추, 사과, 감자, 군고구마와 똑 닮은 과자가 있었다. 맨 끝에는 가수저라가 가지런히 놓여 있었다. 가온이 앞으로 나가 거리를 향해 큰소리로 외쳤다.

"맛있는 과자가 있습니다. 임금님이 드셨다는 맛있는 가수저라도 있습니다. 자! 줄을 서시오."

꿈으로 가는 창의와 인성

꿈으로 가는 창의와 인성

고 정 욱 (작가, 문학박사)

어린 시절 지독한 독서광이었던 나는 초등학교 때 이미 역사소설을 읽기 시작했다. 다행히 책을 좋아했던 아버지가 집에 역사 소설을 많이 구비하고 있었다. 역사 소설을 재미있게 읽으면서 가장 궁금한 것은 작가들이 생생하게 과거의 역사를 재현해 놓았다는 사실이었다. 하루는 아버지에게 물었다.

"아버지 조선총독 데라우치가 타고 가던 말이 앞발을 들고 뛰어올랐다는데 작가가 어떻게 이런 것까지 알고 있지요? 이거 진짜인가요?"

아버지는 실소하며 대답했다

"그거 작가가 다 상상으로 만들어낸 거지."

그때 나는 놀라운 깨달음을 얻었다. 작가는 어떤 것을 상상해 내고 그것을 통해서 역사까지도 새롭게 해석하는 존재라는 사실을 말이다. 아니, 더 나아가 역사를 재미있는 이야기로 포장해 나처럼 우매한 중생을 계도하는 효과까지 거둘 수 있다는 사실을.

역사를 다룬 문학작품의 효능은 바로 그런 것이다. 과거의 역사에서 오늘날 도움이 될 만한 요소를 뽑아내어 역사의식을 일깨우게 한다. 문학의 기능 가운데 이것은 절대 가볍게 볼 수 없는 부분이다.

일제강점기 식민지 탄압이 심해졌을 때, 우리 문학계는 현실을 직접 다루기 힘들어 수평적으로, 또한 수직적으로 무대를 옮겨가야만 했다. 수평적으로 이동해 간 곳은 농촌. 농촌으로 돌아가자는 러시아의 '브나로드운동'을 통해 나온 대표작이 심훈의 〈상록수〉였다. 수직적으로는 과거로 무대를 옮겨 역사소설을 통해서 우리 민족의 나아갈 바를 깨닫게 하고 하였다. 이광수나 김동리, 현진건, 홍명희 같은 작가들이 그런 역할을 해냈다. 그런 인연으로 나는 대학원에서 논문을 쓰며 한국 근대 역사소설의 발자취를 되짚은 적도 있었다.

과거 역사를 배경으로 한 문학작품이야말로 역사를 이해하는 데 가장 좋은 도구이다. 역사적 진실이라는 쓴 '약'을 허구라는 '설탕'을 곱게 덮어 당의정을 만들었다는 오래된 비유가 아니어도 이는 쉽게 알 수 있다. 정종영의 〈조선의 배이거리 – 카스테라의 탄생〉은 그런 맥락을 놓치지 않는 좋은 작품이다.

이 주부는 기다렸다는 듯 봇짐을 풀어 책 한 권을 꺼냈다. 이덕무가 쓴 〈청장관전서 조선 후기의 학자 이덕무(李德懋)의 저술 총서이다. 모두 33책 71권이다.〉 중 한 권이었다. 여기에는 가수저라를 만드는 방법이 자세히 적혀있었다.

"자, 여기를 보세."

이 주부가 책장을 넘기며 손으로 짚어주었다.

진가루 한 되와 설당 두 근, 달걀 여덟 개를 반죽한다. 구리 냄비에 넣고 숯불로 색이 노랗게 될 때까지 익힌다. 대바늘로 구멍을 뚫어 불기가 속까지 들어가게 만들어야 가수저라를 만들 수 있었다.

문학의 출발은 상상력이다. 문헌에서 발견한 한 줄의 문장에서 상상력을 발휘하여 조선시대에도 카스테라를 만들려는 노력이 있었으리라고 상상한다. 기발한 발상이다. 그럼으로써 오늘날 우리가 먹고 있는 빵의 전래와 제작 과정에 대하여 궁금증을 자아내게 한다.

주인공 가온이는 없던 것을 만들어내는 창의성이 뛰어난 아이이다. 두부를 팔아야 하지만, 현실에서 주어지는 제약을 거부한다. 대개 소설에 나오는 문제적·소설적 개인이라는 것은 타락한 세상에서 주어진 환경을 거부하면서 사건을 만들기 시작한다. 다시 말해 있는 것에 만족하지 못하고 있어야 할 것을 추구하게 마련인 것이다. 가온이는 두부 만들어 장에 내다 팔아 생계를 유지하는 집안의 딸이다. 하지만 만들기도 어렵고, 이미 누구나 만들 수 있는 두부가 아닌 다른 것을 창안해 팔고 싶어 한다.

　　"엄마, 고구마 있잖아요. 먹어서 없애는 건 힘들 것 같고요. 혹시 고구마말랭이 같은 거 만들어 팔면 어떨까요?"
　　고구마란 말에 조금 놀란 듯 어머니가 맷손을 놓으며 고개를 들었다.
　　"글쎄, 그게 팔릴까?"
　　"그래도 한번 해볼게요. 고구마 싹 나버리면, 먹지도 못하고 버려야 하잖아요.
　　어머니가 말없이 고개를 끄덕이며 잠시 눈을 감았다. 딸에게 미안하고 고맙다는 생각이 들었다.

　처음에는 고구마말랭이였고, 나중에는 과자로 변하다가 마지막에 카스테라가 된다. 이 세상에 없는 어떤 것을 만들어 내는 일은 결코 쉬운 일이 아니다. 끊임없는 실험과 도전, 그리고 실패의 연속이다. 실패는 고통스럽다. 다시 시작할 엄두가 쉽게 나지 않는다. 중간에 들어간 시간과 노력과 재화가 아깝기 때문이다.

　하지만 가온은 포기할 줄 모른다. 끊임없이 도전하고 주어진 여건에서 최선을 다한다. 집념과 끈기는 이 사건을 이끌어가는 중요한 열쇠이다. 실패는 가온에게 중요한 것이 아니다. 성공을 위한 견인차일 뿐이다. 오늘날 한두 번 시도해 보고 포기하는 아이들이 많다. 우리 현세대의 큰 귀감이 되는 내용이다. 성공이라는 것은 이루어진 결과만 놓고 보면 화려하지만, 과정을 볼 수 없기때문에 그 고통을 남들은 결코 알지 못한다.

　두부 과자를 입에 넣었다. 바싹거리는 소리가 났다. 가온은 조마조마한 표정으로 어머니 얼굴을 살폈다.

　"이거 뭘로 만들었니?"

　기대했던 것보다 맛있다는 듯 어머니가 눈을 크게 뜨며 두부 과자를 살폈다.

　"두부요. 두부 가져갔잖아요. 달래랑 같이 만들었어요."

　가온이 머리를 살래살래 흔들며 경쾌하게 말했다.

　"맛이 좋구나. 그런데 들기름 향이 너무 진해. 돼지기름을 써서 튀기면 더 맛있을 거 같은데. 들기름은 비싸니까 과자 만들기에는 적당하지 않을 것 같구나."

　"정말요?"

들기름을 쓰니 실패다. 비쌀 뿐 아니라 맛도 어울리지 않는다. 엄마는 부드럽게 말했지만, 실패는 실패다. 그래도 가온은 현실을 부정하거나 현실을 외면하는 주인공이 아니다. 있는 현실 안에서 최선을 다한다. 포기하지 않는다. 다시 시도한다.

그러다 궁궐에 들어갈 수있는 기회가 가온에게 온다. 경연에서 일등을 하면 되는 일이다. 그렇지만 궁녀가 되는 신분상승보다는 현실주의적인 영웅의 면모를 가온은 보여준다. 있는 현실을 개선하고 자신의 삶을 원하는 쪽으로 이끌고 싶은 당찬 모습이야말로 어린이 독자들에게 자기결정권의 소중함을 알게 한다.

필자는 어렸을 때 장애를 가졌지만, 문학작품에서 큰 위로를 얻었다. 책에 나오는 주인공은 나보다 더한 고난을 갖고 있었다. 톰 소여의 경우는 부모가 없고, 소공녀나 소공자 모두 버림받은 아이들이었다. 그러나 이들의 이야기를 읽다 보면 어느새 나는 그들보다 훨씬 행복하고 여건이 좋다 생각을 하며 나의 인성과 품성을 길러 나갈 수 있었다.

가온 역시 마찬가지였다 평범한 상민의 삶이었지만, 그 안에서 예의와 범절을 잃지 않았다. 자기 주변의 삶과 환경을 소중히 여기며 친구와의 약속을 중요하게 여겼다. 약속을 지키고 친구를 소중히 여기는 태도는 오늘날 아이들에게 대단히 필요한 품성이다. 이 작품은 그런 가운데 아무 조건 없이 도와주는 다른 친구들을 통해 우정이 무엇인지를 잘 보여주고 있다. 우정은 시간과 역사를 거슬러 그 어느 때에도 변하지 않는 덕목이 아니던가?

조선시대의 베이커리를 만드는 그 순간에도 우정은 빛을 발한다. 가온이 혼자서 모든 일을 해낼 수 없다. 많은 협력자가 있었고, 또한 경쟁자도 있기 마련이다. 그러나 등장인물들의 인성과 캐릭터는 끝을 보는 극악무도한 것이 아니기에 독자인 청소년에게 큰 귀감이 될 수 있다.

이런 창의성과 인성은 결국 가온이가 갈 길을 알게 해준다. 한 마디로 비전을 보여주는 것이다. 경연에 나서서 성과를 낸다. 남다른 창의성과 인내심으로 인정받는 작품을 만들어낸다. 오늘날의 빙수인 셈이다. 빙수에 도전하는 창의성은 독자들의 무릎을 치게 만든다.

"하늘과 땅, 뜨거움과 차가움. 이것은 서로 반대일 것 같아도 서로 잘 어울리며 함께 있습니다. 서로 다른 사람끼리 잘 어울리며 함께 사는 이 세상도 똑같다고 생각합니다. 그래서 하늘에서 내린 눈과 땅에서 자란 팥으로 사람이 먹을 음식을 표현해 보았습니다."

"음식 하나에 세상의 이치를 담았구나. 얼른 맛을 봐야겠구나. 어떻게 먹어야 하느냐?"

가온이 수저로 눈떡단팥 그릇을 빠르게 섞었다. 눈과 단팥이 섞여 먹음직스럽게 보였다. 백선생이 한 수저를 떠서 입에 넣었다. 입속에서 사르르 녹으며 단맛이 퍼져 나갔다.

이런 창의와 인성을 가지고 있으니 가온의 꿈은 당연히 최고가 되는 것이다. 이로 인해 제과점을 열게 되고, 제과제빵 기술을 가진 조선의 장인으로 커나가리라 짐작할 수 있다.

흔히 우리는 인성이나 창의성 없는 아이들에게 멋진 꿈을 가지라고 얘기한다. 학교 현장의 강연을 가보아도 꿈을 이야기하라고 하면 자신의 꿈이 아닌 부모가 정해주는 꿈을 말한다. 판검사나 의사, 변호사 등을 말하는데 그 아이들은 그것이 무슨 일을 하는지조차 알지 못한다. 설령 꿈을 정했다 하더라도 아이들에게는 막연한 머릿속의 꿈일 뿐이다. 요리사가 되겠다는 아이에게 자격증 있냐고 물어보면 고개를 젓는다. 해본 요리가 무엇이냐고 물어보면 라면만 끓여 봤다 한다. 이렇게 해서 꿈을 이루고 나 자신의 진로를 찾아 나갈 수가 없다.

이 작품은 하나의 꿈을 이루어 가는 과정을 보여준다. 가온이가 올바른 인성으로 포기하지 않으면서 꿈을 향해 나아가는 이야기이다.

> 곰곰이 생각해 보니, 설당의 단맛은 꿀로 해결할 수 있을 것 같았다. 이런 생각이 들자, 갑자기 가슴 속에서 뜨거운 기운이 솟아올랐다. 어차피 이러나저러나 풀어야 할 숙제였다. 피한다고 벗어날 수 없었다.
> "그래, 다시 한번 해보자!"

모든 도전에 고난이 있을 수 있다. 하지만 그 고난은 가온의 열정과 소질을 꺾을 수 있는 정도의 수준은 아니다. 아니, 가온이었기에 고난을 아무것도 아닌 이겨내야 할 과정으로 만들었을지도 모른다. 요즘은 아이들은 많이 아프다. 경제난에 질병과 사회의 양극화, 가정의 이혼과 결별, 해체 등으로 고통받는 아이들에게 그 아픔을 이겨내는 방법은 자신에게 충실하면서 주변과 협력하고 새로운 것을 상상하는 힘이라는 것을 이 책이 잘 보여주고 있다.

오늘날 이 땅의 어린이들에게 가장 중요한 것은 결국 무엇을 하고 싶은지 무엇을 원하는지를 스스로 찾아내는 것이다. 그리고 그것에 풍덩 몸을 던져야 한다. 얼마나 빠르게 변하

는 시대인가 말이다. 초등학생이 자격증을 따고, 중학생이
기술을 익히고, 고등학생이 창업을 하는 시대이다. 조선 시
대의 가온이는 벌써 시대를 앞서간 주인공의 모습이지만, 오
늘날의 현실도 반영하고 있다. 자기가 아는 분야의 전문가를
만나고 멘토링을 받으며 스스로 성장하는 스토리야말로 이
작품을 우리가 읽어내게 해주는 흥밋거리라 할 수 있다.

그럼에도 불구하고 아쉬운 점이 있다면 갈등의 미약함이
다. 갈등이 극대화할 때 그 해소에 의한 문학적 감동과 완성
도는 더욱 강화된다. 하지만 이 작품에서는 작가가 아름답게
세상을 보려는 시각 때문인지 악녀로 나오는 다민과 가온의
갈등이 크게 도드라지지 않는다. 청소년소설이기 때문에 피
카레스크식의 구성이 불가능해도 좀 더 강력한 갈등과 그로
인한 서사적 재미가 부여 되었더라면 이 작품은 손에 땀을
쥐게 했을 것이다. 흥미진진해 책을 손에서 놓지 못했을 것
이다. 재미는 이야기가 마지막 순간까지 놓아선 안 되는 가
장 중요한 덕목의 하나이기 때문이다.

진심 어린 대화가 오가자, 다민이 가슴에 뜨거운 기운이 뭉클거리며
온몸이 파르르 떨렸다.
"가온아, 미안해."

다민이 가온의 손을 꼭 잡았다.

"뭐가?"

다민은 지금까지 가온에 품었던 미움을 모두 털어놓았다. 경연 때 금이 간 시루를 가져다 놓은 것부터 검은깨 다식을 만들 때 방법을 제대로 알려주지 않은 것까지 모든 것을 말하고 용서를 구했다.

"괜찮아. 벌써 잊었어. 오히려 그런 얘기해주니까 더 고맙네."

가온이 다민의 손을 꼭 잡았다.

어느 시대나 과도기이고 전환기라고 한다. 오늘 우리 사회도 급속한 세계화와 환경오염으로 인해 경종을 울리듯 코로나19가 급습했다. 인류의 운명이 한 치 앞을 내다볼 수 없게 되었다. 이럴 때일수록 우리에게 희망을 주는 것은 미래 주인공인 아이들뿐이라는 생각을 한다. 어른들은 어린이들에게 꿈을 갖게 해주고 올바른 인생을 살도록 이끌어야 한다. 아이들 특유의 샘솟는 창의성과 융복합 능력을 배양토록 북돋워야 한다. 그럼으로써 스스로 경쟁력을 갖춘 인재로 커나가는 길은 바로 역사를 소재로 한 문학작품을 통해 과거에서 배움을 얻는 것이 크게 유익하다. 정종영의 〈조선의 배이거리 – 카스테라의 탄생〉도 그 서사에 일익을 담당하리라 믿어 의심치 않는다.